www.tredition.de

AF196324

© 2016 Peter R. Lehman

Verlag: tredition GmbH, Hamburg

ISBN
Paperback: 978-3-7345-1535-4
Hardcover: 978-3-7345-2007-5
e-Book: 978-3-7345-1536-1

Printed in Germany

Peter R. Lehman

Nur nicht

aus Liebe weinen

PROLOG

Nur eine zuverlässige Frau, die sein Herrenhaus führt, immer da ist, wenn er nach Hause kommt und keine Fragen stellt - das sucht der hochmütige französische Arzt, Professor Edmond de Beychevelle. Die bescheidene Krankenschwester Julia geht auf diese unverschämten Forderungen ein und heiratet ihn. Sie hat gespürt, wie hilfsbereit und aufopfernd der gutaussehende Edmond sein kann, als er sie nach einem Unfall pflegte. Sie ahnt, dass er nur Angst vor Gefühlen hat. Deshalb bemüht sie sich sehr, in Edmond einen Hauch von Zärtlichkeit zu wecken. Doch vergebens! Da beschließt sie, ihn zu verlassen und teilt ihm ihren Entschluss in einem Brief mit...

1. KAPITEL

Die Chaussee schlängelte sich am Canal du Midi entlang, durch feuchte, grüne Wiesen und schattige Wäldchen. Weitab von der Straße, versteckt hinter hohen Scheunen, standen große Bauernhäuser. Die Natursteinmauern glänzten im warmen Licht der untergehenden Oktobersonne. Abgesehen von Kühen und ein paar Pferden gab es wenig zu sehen in dieser Landschaft.

Bewegung in dieses Bild brachten lediglich die vier Mädchen auf Fahrrädern. Sie hatten an diesem Tag eine große Strecke hinter sich gebracht und waren nun müde. Die Campingausrüstung auf den Gepäckträgern wog schwer, und außerdem hatten sie sich verfahren.

Am Morgen hatten sie Carcassonne verlassen und waren fröhlich über den Canal du Midi in die Region Midi-Pyrénnées hinein auf den Campingplatz zu geradelt, den sie sich ausgesucht hatten. Aber nun war weit und breit kein Dorf in Sicht, die Dämmerung zog herauf, und sie wurden unsicher. Schließlich hielten die vier an, um auf die Landkarte zu sehen.

„Hier geht es nirgendwohin", meinte ein großes, hübsches Mädchen, offenbar die Tonangebende der Gruppe. „Was wollen wir machen? Die ganze Strecke zurückfahren oder es weiter versuchen?"

Vier Köpfe neigten sich erneut über die Karte, ein roter, zwei blonde und ein unauffälliger, aschbrauner.

Das braunhaarige Mädchen meinte: „Irgendwohin muss diese Straße doch führen. Ich glaube, wir haben es nicht mehr weit." Sie sprach mit einer angenehmen Stimme, sanft und leicht zögernd.

Ihre drei Kameradinnen blickten wieder auf die Karte. „Du hast Recht, Julia. Lasst uns weiterfahren, bevor es dunkel wird."

Das rothaarige Mädchen blickte sich um. „Es ist einsam hier, verglichen mit den Städten und Dörfern, die wir in den letzten Tagen gesehen haben."

„Der Midi mit Ausnahme von Toulouse ist dünn besiedelt", erwiderte Julia, „es ist überwiegend landwirtschaftliches Gebiet."

Drei nachsichtige Blicke trafen sie. Julia war zart und ruhig und unaufdringlich, und sie wusste eine Menge. Sie liest zu viel, dachten die anderen ein bisschen mitleidig.

Julia wurde im Gegensatz zu den anderen Krankenschwestern an der Rostocker Ostseeklinik nur sehr selten eingeladen. Sie bewohnte ein winziges Appartement in einer tristen Straße in der Nähe des Krankenhauses. Sie hatte viele Freunde, denn sie war jederzeit bereit, den dienstfreien Tag mit jemandem zu tauschen, ohne große Umstände irgendetwas auszuleihen oder in letzter Minute irgendwo einzuspringen.

Das tat sie auch jetzt. An ihrer Stelle hatte eigentlich eine andere Schwester mitfahren sollen, aber die war plötzlich an einem Virus erkrankt. Da Radfahren und Camping zu viert mehr Spaß machten, waren die anderen auf sie verfallen.

Julia war auf diesen Ausflug nicht gerade erpicht gewesen. Sie hatte sich vorgenommen, in den zehn Tagen Urlaub ihr Zimmer neu zu tapezieren und einige Kunstgalerien zu besuchen.

Das Alleinsein war für Julia nichts Neues. Sie hatte eine einsame Kindheit und Jugend verlebt, weil ihre Eltern früh gestorben waren. Die Tante, bei der sie dann untergekommen war, hatte einen Mann geheiratet, der ihr nie viel Sympathie entgegenbrachte. Im Gegenteil! Im Verlauf der Jahre ließ er deutlich durchblicken, dass sie sich ein neues Zuhause suchen müsse, weil bei ihrer Tante kein Platz für drei Personen sei. Vielleicht wäre er anderer Meinung gewesen, wenn sie ein hübsches Gesicht gehabt hätte. Nun ja! Julia hatte ihre Tante seit mehr als drei Jahren nicht mehr gesehen.

„Auf dann!" Annemarie warf ihr rotes Haar zurück und stieg wieder auf, gefolgt von Sylvie und Pia. Julia fuhr als letzte.

Die Sonne sank schnell. Wie ein Band schien die Straße vor ihnen zu liegen, aus der Ferne blinkten Lichter von einem Gehöft. Sie vertrieben das Gefühl von Einsamkeit und machten die vier Mädchen wieder fröhlich. Sie lachten und schwatzten und überlegten, was sie zu Abend essen wollten und wer mit dem Kochen an der Reihe sei.

Ein paar Minuten später rief Annemarie, die an der Spitze fuhr: „Seht mal! Da drüben links sind Lichter! Dort muss ein Haus sein!" Sie hielt an, um besser sehen zu können.

Das ging zu schnell! Sylvie und Pia konnten nicht mehr bremsen, fuhren in sie hinein, und einen Augenblick später stieß auch Julia in den Knäuel. Ein scharfer Schmerz schoss durch ihr Bein, dann spürte sie nichts mehr. Sie war mit dem Kopf gegen einen der noch zahlreichen alten Kilometersteine geschlagen.

Als Julia wieder zu sich kam, fühlte sie als erstes einen betäubenden Kopfschmerz. Und das Bein tat ungeheuerlich weh! Außerdem wurde sie getragen. Eine Männerstimme neben ihr sagte, man solle sie vorsichtig tragen. Mein Bein tut weh, hätte sie gern gesagt, aber sie konnte nicht sprechen. Sie riss die Augen auf, konnte aber nur ein kleines Stück Himmel zwischen hohen Bäumen und einen Lichtschein sehen.

Julia verlor wieder das Bewusstsein. So merkte sie nicht, dass die kleine Truppe ein Haus erreicht hatte, dass Annemarie den anderen die Tür öffnete. Sie nahm die schiere Größe und Schönheit der Eingangshalle nicht wahr, in die sie getragen wurde, und auch nicht die vielen Türen. Eine davon ging auf, und heraus trat ein Großgewachsener Mann, einige Blatt Papier in der Hand und einen unwilligen Ausdruck auf den ansprechenden Zügen.

Seine befehlsgewohnte Stimme brachte Julia ins Bewusstsein zurück, als er schroff fragte, weshalb er in seinem eigenen Haus belästigt werde.

Jemand muss das jetzt erklären! Julia wusste zwar, was sie sagen wollte, aber ihr Kopf war noch ganz durcheinander. Ihr Versuch, eine Erklärung abzugeben, wurde plötzlich von der schroffen Stimme unterbrochen, die nun direkt neben ihr erklang.

„Das Mädchen hat eine Gehirnerschütterung, und das Bein muss gerichtet werden. Eduard, bringen Sie sie in den Operationsraum. Ich muss mich wohl darum kümmern."

Für einen Augenblick klärten sich ihre Sinne, und sie sagte mit heller Stimme: „Sie brauchen nicht so gefühllos zu sein. Geben Sie mir Nadel und Faden. Ich kann das selber in Ordnung bringen!"

Bevor sie erneut in Ohnmacht fiel, hörte sie noch schallendes Lachen.

In dieser Nacht pendelte Julia zwischen Schlaf und Wachen. Wenn sie die Augen öffnete, sah sie verschwommen jemanden an ihrem Bett sitzen. Er schenkte ihr keinerlei Beachtung, las, schrieb, las und schrieb wieder. Aus seinem strengen Gesichtsausdruck schloss Julia, dass er es war, der von einer Gehirnerschütterung gesprochen hatte.

„Ich habe keine Gehirnerschütterung", sagte sie laut und wunderte sich, dass ihre Stimme schwankte.

Ohne ihr zu antworten, gab er ihr etwas zu trinken und befahl in einem Ton, der keinen Widerspruch duldete: „Schlafen Sie!"

Als Julia wieder aufwachte, war es dämmerig im Raum, obwohl es Tag war. Der Mann war fort. An seiner Stelle saß Annemarie und las in einem Buch.

„Hallo!" sagte Julia schon viel kräftiger. Ihr Kopf und das Bein schmerzten noch, aber sie kam sich nicht mehr wie in einem Traum vor.

Annemarie trat an ihr Bett: „Julia! Geht es dir besser? Du hast uns einen gehörigen Schreck eingejagt!"

Ohne den Kopf zu bewegen, blickte Julia sich im Raum um. Es war ein wunderschönes, herrschaftliches Zimmer. Die Wände waren mit Seidentapeten verkleidet, die Möbel waren aus Palisanderholz und glänzten vor Alter und Politur. Das Bett, in dem sie lag, hatte einen gerafften Vorhang und war von einer seidenen Decke bedeckt, deren Schönheit nur durch die Schiene beeinträchtigt wurde, die ihr verletztes Bein stützte.

„Was ist passiert?" fragte Julia. „Da war doch so ein unfreundlicher Mann ..."

Annemarie kicherte. „Du hättest dich hören sollen! Das ist ein phantastisches Haus hier, und er sieht unglaublich gut aus!"

Julia schloss die Augen. „Was ist passiert?"

„Wir sind alle Übereinandergefallen, und du hast dir das Bein an einem Pedal aufgerissen. Ein böser, tiefer Schnitt. Dann bist du auf einen Kilometerstein gefallen und hast dich k. o. geschlagen."

„Seid ihr gesund, du und Sylvie und Pia?"

„Ja. Wir haben kaum einen Kratzer abbekommen. Es tut uns so leid!" Sie tätschelte Julias Arm. „Ich muss Professor de Beychevelle sagen, dass du aufgewacht bist."

Julia hielt die Augen geschlossen. „Was für ein ungewöhnlicher Name!" Als jemand ihre Hand ergriff und den Puls fühlte, öffnete Julia wieder die Augen. Ein Mann, vermutlich der Professor, stand vor ihr. Er fragte nach ihrem Namen.

„Julia Schneider." Seine strengen Mundwinkel zuckten leicht. Vielleicht fand er ihren Namen so seltsam wie sie den seinen. „Es geht mir besser, danke", fuhr sie fort. „Es war sehr freundlich, dass Sie letzte Nacht Wache bei mir gehalten haben."

Aus irgendeiner Tasche hatte er einen Augenspiegel gezogen. „Ich bin Arzt, Mademoiselle Schneider. Ein Arzt hat für seine Patienten da zu sein." Sorgfältig und schweigsam untersuchte er ihre Augen und sagte dann: „Ich möchte mir das Bein ansehen."

Annemarie zog die Decke zurück und wickelte den Verband ab, der Julias Bein vom Knie bis zum Knöchel bedeckte.

„Haben Sie genäht?" fragte Julia und hob den Kopf an, um besser sehen zu können.

Seine feste Hand drückte sie zurück. „Seien Sie nicht leichtsinnig, bewegen Sie den Kopf nicht! Ja, ich habe die Wunde in ihrem Bein gereinigt und genäht. Es ist ein tiefer Riss. Sie werden einige Tage liegen müssen."

„Das geht nicht!" rief Julia aus. „In drei Tagen habe ich wieder Dienst!"

„Unmöglich. Sie werden hierbleiben, bis ich Sie für entlassungsfähig halte."

„Es muss doch ein Krankenhaus geben!" In ihrem Kopf begann es zu pochen.

„Als Krankenschwester sollten Sie wissen, dass Sie absolute Ruhe brauchen."

Wieder überrollte sie dieses seltsame Gefühl, als läge sie im Nebel, könnte die Menschen wohl hören, aber nicht erkennen. „Sie sind bestimmt nicht verheiratet", murmelte sie, „und ich glaube,

Sie mögen mich nicht." Sie schloss die Augen und schlief wieder ein.

Als Julia erwachte, saß Sylvie an ihrem Bett. Sie lächelte schwach. „Ich fühle mich schon viel besser, Sylvie."

„Fein. Möchtest du eine Tasse Kakao?"

Der Kakao schmeckte wundervoll. Auch das Brot mit Butter, das ihre Freundin ihr anbot, aß sie mit Genuss und war nach dem letzten Bissen gleich wieder eingeschlafen.

Erst am frühen Abend wachte Julia wieder auf. Die Leselampe brannte, und der Professor saß und schrieb.

„Haben Sie keine anderen Patienten?" fragte Julia.

Er blickte auf. „Doch. Möchten Sie etwas trinken?"

Julia hatte das Tablett neben ihrem Bett schon gesehen. „Ja gerne", sagte sie, „aber ich kann mich selbst versorgen."

Er ignorierte die Bemerkung, hob ihren Kopf sanft an und hielt ihr das Glas an die Lippen. Als Julia ausgetrunken hatte, legte er sie wieder hin und erklärte: „Sie können jetzt ihre Freundinnen für fünf Minuten sprechen." Dann verließ er leise den Raum.

Die drei Mädchen huschten herein und stellten sich ans Bett.

Pia ergriff das Wort. „Es geht dir besser, sagt der Professor. Wir fahren übrigens morgen früh zurück."

Julia wollte sich aufrichten, wurde aber sofort liebevoll wieder in die Kissen gedrückt. „Ihr könnt mich doch hier nicht allein lassen!" rief sie aufgeregt. „Er mag mich nicht! Warum bringt man mich nicht in ein Krankenhaus, wenn ich schon bleiben muss? Wie fahrt ihr überhaupt zurück?"

„Eduard, der ist hier eine Art Diener, war zufällig dabei, als wir alle übereinander fielen. Er wird uns nach Toulouse zum Busbahnhof fahren."

„Er ist recht nett, der Professor", setzte Sylvie hinzu. „Ein bisschen schroff, aber der perfekte Gastgeber. Besonders viel hat er vermutlich nicht für uns übrig, aber er ist schließlich auch schon ziemlich alt, weit über vierzig, glaube ich. Er liest oder schreibt ständig, und er fährt auch oft fort. Eduard meint, dass er auf seinem Gebiet ein bedeutender Fachmann ist." Sie lachte leise. Eduard stammt aus Lothringen und spricht ausgezeichnet Deutsch. Er lebt aber schon seit vielen Jahren hier. Übrigens ist er mit der Köchin verheiratet. Es gibt auch eine Wirtschafterin hier. Sie sieht viel strenger aus, als sie tatsächlich ist."

„Und vier Hausmädchen und einen Gärtner gibt es", ergänzte Pia. „Der Professor muss sehr reich sein."

„Das wird bestimmt alles in Ordnung gehen", versicherte Annemarie. „Außerdem bist du bald wieder bei uns. Sollen wir etwas für dich tun?"

Julias Kopf begann wieder zu schmerzen. „Bitte, sagt meiner Vermieterin, sie möchte Felix füttern, bis ich zurückkomme. In meinem Portemonnaie ist noch Geld. Gebt es ihr bitte, damit sie Futter kaufen kann."

„Machen wir. Wir gehen in deine Wohnung und sehen nach ihm."

„Habe ich noch genügend Geld für die Rückfahrt."

Sylvie zählte nach. „Ja. Du brauchst ja nur die Fahrkarte für den Fernbus. Eduard bringt dich bestimmt bis zum Busbahnhof." Sie trat näher. „Wir lassen dich wirklich nicht gerne hier, Julia, aber es lässt sich nicht ändern."

Julia brachte ein Lächeln zustande. „Ich sage euch Bescheid, wenn ich zurückkomme."

Beinahe feierlich schüttelten die drei Mädchen ihr die Hand. „Wir fahren morgen ziemlich früh ab, und der Professor sagt, wir sollen dich schlafen lassen."

Nachdem ihre Freundinnen gegangen waren, lag Julia eine Weile still. Sie war so müde, dass sie nichts fühlte. Als der Professor später hereinkam und ihr ein Schlafmittel reichte, protestierte sie nicht einmal.

Sie schlief gleich ein und merkte nicht, dass er noch im Zimmer blieb und von seinem Stuhl aus nachdenklich zu ihr hinübersah.

Erst am späten Vormittag wachte Julia auf.

Neben ihrem Bett stand Laure, die Frau von Eduard, mit einem Tablett. Es gab Kaffee und Rührei. Da Laure ein wenig deutsch sprach erfuhr sie, dass ihre Freundinnen abgereist waren.

Als Laure hinausgegangen war, lag Julia im Bett und dachte nach. Sie fühlte sich jetzt viel klarer. Ganz so klar aber wohl doch nicht, denn sonst wäre sie kaum auf den Gedanken verfallen, aufzu-stehen, sich anzuziehen und das Haus zu verlassen. Sie konnte nicht an einem Ort bleiben, an dem man sie nicht haben wollte! Das war die gleiche Situation wie mit ihrem Onkel.

Vielleicht liegt es ja an mir, dachte sie unglücklich. Sie war ein ganz gewöhnlicher Mensch, das wusste sie. Vielleicht war sie aus diesem Grunde eher ein bisschen schüchtern. Früh hatte sie gelernt, möglichst wenig auf sich aufmerksam zu machen. Andererseits war sie gescheit und besaß eine natürliche Freundlichkeit, die ihr viele Freunde gewonnen hatte. Der Professor gehört nicht dazu, das spürte sie.

Je länger sie über ihren Plan nachdachte, desto besser gefiel er ihr, und ihr Fieber ließ ihn leichter durchführbar erscheinen.

Vorsichtig richtete sie sich auf. Die Kopfschmerzen hämmerten, aber sie beachtete sie nicht und versuchte, ihr verletztes Bein zu bewegen. Das war sehr viel schmerzhafter als erwartet. Aber sie hielt durch, bis sie auf der Bettkante saß, den gesunden Fuß am Boden, den verletzten auf dem Bett. Aber als sie jetzt das kranke Bein über die Bettkante hängen ließ, wurde ihr vor Schmerz übel.

„O Gott!" rief Julia verzweifelt aus.

„Vielleicht kann ich erst mal helfen?" Der Professor war lautlos eingetreten und eilte mit großen Schritten auf Julia zu.

„Ich muss mich übergeben, jammerte Julia, und da war es auch schon passiert. Wenn sie sich nicht so elend gefühlt hätte, wäre sie vor Scham gestorben.

Der Professor sprach kein Wort. Er hob Julia auf, legte sie zurück ins Bett und das verletzte Bein in die Schiene. Dann holte er aus dem angrenzenden Badezimmer Waschlappen und Handtuch und reinigte Julias Gesicht.

Sie presste mühsam hervor: „Es tut mir so leid! Wenn ich doch mit den anderen gefahren wäre!"

„Warum wollten Sie aufstehen?" Seine Frage klang weder ärgerlich noch besonders interessiert.

„Ich wollte nur ... Ich dachte, ich könnte mich anziehen, und ich habe ja genug Geld - ich wollte nach Hause."

Er läutete nach Eduard, bat um Kaffee für zwei Personen und wartete geduldig, bis Eduard und ein Dienstmädchen den Raum gesäubert und wieder verlassen hatten. Dann erst sagte er: „Und jetzt werden wir uns ein wenig unterhalten."

Er zog den Stuhl heran, reichte Julia eine Tasse Kaffee und schenkte sich dann selber ein. „Wir wollen ganz offen sein, Mademoiselle."

Julia betrachtete ihn. Er sprach wie ein Professor, aber er sah nicht so aus. Er war groß und hatte dichtes dunkles Haar, in das sich einzelne graue Strähnen mischten. Genau der Typ Mann, dachte Julia, den jedes Mädchen heiraten möchte. Pech, denn offensichtlich war er nicht aufs Heiraten versessen.

„Darf ich um Ihre Aufmerksamkeit bitten?" forderte der Professor. „Ihr Gesundheitszustand erlaubt es Ihnen doch, mir zuzuhören?"

Julia nickte verlegen.

„Sie sollten sich darauf einstellen, Mademoiselle Schneider, noch zehn vielleicht vierzehn Tage hier zu bleiben. Sie sind im Augenblick nicht in der Lage, etwas zu unternehmen. In etwa fünf bis sechs Tagen werde ich die Fäden in ihrem Bein ziehen. Danach dürfen Sie am Stock ein wenig spazieren gehen. Wenn die Kopfschmerzen nachlassen, dürfen Sie ab morgen täglich eine Zeitlang aufsitzen. Bitte teilen Sie uns mit, wenn Sie einen Wunsch haben. Mein Haus steht zu ihrer Verfügung. Ich habe eine Bibliothek, aus der Eduard Ihnen alle Bücher bringen wird, die Sie interessieren. Allerdings möchte ich Ihnen raten, in den nächsten Tagen noch nicht zu lesen.

Warm angezogen und in Decken eingewickelt, können Sie auch gerne im Garten sitzen. Während der nächsten drei bis vier Tage sollten Sie nicht fernsehen, das würde ihre Kopfschmerzen verschlimmern. Sie müssen entschuldigen, dass ich Ihnen nicht den ganzen Tag Gesellschaft leisten kann. Ich bin ein vielbeschäftigter Mensch, ich habe meine Arbeit und viele Interessen. Selbstverständlich werde ich Sie behandeln wie jeden meiner Patienten. Sobald ich Sie für transportfähig halte, werde ich dafür Sorge tragen, dass Sie wieder nach Hause reisen können."

Erstaunt hatte Julia ihm zugehört. Noch nie in ihrem Leben war sie jemanden begegnet, der in solcher Weise gesprochen hätte! Es war, als läse man den Beipackzettel in einer Arzneischachtel.

Eines war völlig klar: Der Professor bot ihr Gastfreundschaft an, aber sie sollte ihm nicht in die Quere kommen! Er wollte sein geordnetes Leben nicht gestört wissen. Seltsam! Ja, wenn Sie Annemarie, Sylvie oder Pia gewesen wäre! Das waren alles hübsche Mädchen ... Aber wie sollte Julia Unruhe in dieses Leben bringen?

„Ich werde Ihre Anweisungen befolgen", erwiderte sie. „Ich werde Ihnen nicht im Wege sein, Sie werden mich gar nicht bemerken." Dann setzte sie hinzu: „Es tut mir leid, dass mir übel wurde und ich alles beschmutzt habe!"

Er stand auf. „Bei Gehirnerschütterung ist mit Übelkeit zu rechnen. Es wundert mich, dass Sie als Krankenschwester daran nicht gedacht haben."

Nachdem er gegangen war, legte sie sich in die Kissen zurück. Sie war müde. Aber bevor sie die Augen schloss, nahm sie sich fest vor herauszufinden, wieso der Professor so sonderbar geworden war: Ich werde mit Eduard Freundschaft schließen!

Julias Gesundheitszustand besserte sich zusehends. Am folgenden Tag erneuerte der Professor den Verband, und nachdem Laure sie in einem viel zu großen Morgenmantel gehüllt hatte, trug er sie zu einem bequemen Lehnsessel am offenen Fenster. Der Tag war wunderschön. Sie hatte vom Sessel aus einen herrlichen Blick auf den ausgedehnten, in schönsten Herbstfarben prangenden Garten.

Absichtlich hatte Julia wenig gesprochen, während der Professor ihr Bein versorgte. Er hatte sich nach ihrem Befinden erkundigt, worauf sie ihm höflich und kurz geantwortet hatte. Nun war er wieder fort, und trotz seiner Einsilbigkeit fühlte sie sich verlassen

In kleinen Schlucken trank Julia die warme Milch, die Laure ihr gebracht hatte, und schaute in die Landschaft hinaus. Von ihrem Platz aus konnte sie die Straße sehen und ein Stück der Auffahrt. Gerade jetzt hörte sie ein Auto starten und sah es kurz darauf zur

Straße schießen: einen Rolls Royce! Offenbar hatte der Professor einen Freund mit Vorliebe für schnelle Autos! Es müsste nett sein, einen Bekannten zu haben, der einen Rolls Royce fährt, dachte Julia. Noch netter wäre es, selbst darin zu fahren.

Beide Wünsche sollten in Erfüllung gehen.

Wie üblich kam der Professor am folgenden Morgen nach dem Frühstück, um ihr Bein zu versorgen. Anders als sonst aber ging er nicht sofort. Er unterhielt sich mit Madame Bouvier, die ihn begleitet hatte, und wandte sich dann an Julia.

„Ich bringe Sie nachher ins Krankenhaus nach Carcassonne. Ihr Kopf soll geröntgt werden. Ich nehme an, dass die Gehirnerschütterung keinen Schaden hinterlassen hat, aber ich möchte absolut sichergehen."

Julia warf ihm aus den Falten des viel zu großen Morgenrockes einen Blick zu. „In dieser Aufmachung?"

„Warum nicht? Madame Bouvier wird Ihnen behilflich sein." Weg war er, bevor sie antworten konnte.

Madame Bouviers Gesicht erhellte sich, nachdem sich die Tür hinter dem Professor geschlossen hatte. Sie holte Kamm, Bürste und Make-up hervor und zog ein langes Seidenband aus einer Tasche. Ungeachtet Julias Protest bürstete sie ihr das Haar und flocht es sorgfältig. Danach hielt sie ihr den Spiegel, während Julia ein wenig Make-up auflegte, und raffte schließlich geschickt den Morgenmantel um Julias schlanke Taille.

Als hätte er sein Stichwort bekommen, klopfte in diesem Augenblick der Professor an die Tür, hob Julia hoch und trug sie nach unten, wo Eduard die Tür offenhielt. Der Professor sagte etwas halblaut, und Eduard eilte, um die Tür des Rolls Royces zu öffnen. Und so fand Julia sich plötzlich auf dem Rücksitz des phänomenalen Autos wieder. Der Professor setzte sich zu ihrer Verblüffung ans Steuer.

Julia war zu überrascht, um höflich zu sein. „Das ist doch unmöglich Ihr Auto!"

Der Blick, den er ihr zuwarf, war wenig freundlich. „Warum nicht?" fragte er kühl.

Der Ton ihrer Stimme war besänftigend: „Bitte, seien Sie nicht gekränkt! Sie sehen so gar nicht wie ein Mann aus, der einen solchen Wagen fährt. Ein Professor ..."

„Und nicht mal jung!" vollendete er scharf ihren Satz. „Ihre Ansichten interessieren mich nicht, Mademoiselle Schneider. Ich schlage vor, Sie schließen die Augen und ruhen sich aus."

Julia tat wie geheißen. Erst jetzt war ihr aufgefallen, was für faszinierende Augen er hatte: strahlendblau und ganz hell!

Sie öffnete die Augen wieder. Von dieser Fahrt wollte sie keine Sekunde verpassen!

Die Strommasten flogen vorbei. Der Professor fuhr nicht nur sehr schnell, sondern auch sehr gut. Erst als auf beiden Straßenseiten Häuser auftauchten, nahm er das Tempo zurück, bog dann von der Straße ab und bremste sacht.

Ohne ein Wort stieg er aus. Einen Augenblick später öffnete sich die Tür, Julia wurde herausgehoben und in einen Rollstuhl gesetzt, während der Professor mit einem jüngeren Mann in einem Kittel sprach. Er drehte sich auf dem Absatz um, ohne sie auch nur zu beachten, und betrat das Krankenhaus. Julia blieb zurück, mit dem jungen Mann in Weiß und dem Pfleger.

Er ist unhöflich, dachte Julia, und gleich danach: Armer Mann, er muss sehr unglücklich sein.

2. KAPITEL

Julia wurde durch eine Flucht von Korridoren zur Röntgenabteilung gefahren. Der junge Mann sprach sie ein wenig unsicher auf Deutsch an, und daraufhin überschüttete sie ihn mit Fragen. Er hatte gerade die Ersten beantwortet, als sie ihr Ziel erreicht hatten.

„Wer sind Sie eigentlich?" wollte Julia wissen.

„Pardon, ich habe mich nicht vorgestellt! Mein Name ist Claude Goddard. Ich bin Arzt und gehöre zum Team von Professor de Beychevelle."

Die Röntgenaufnahme war bald gemacht. Nach kurzer Zeit wurde Julia wieder in die Eingangshalle gerollt. Ihr neugewonnener Freund verabschiedete sich von ihr und übergab sie einer Krankenschwester. Sie reichte ihr die Hand und stellte sich vor: „Ich bin Schwester Claire."

„Julia Schneider. Was passiert nun?"

„Sie sollen einen Kaffee trinken. Professor de Beychevelle hat noch zu tun."

Der Kaffee war heiß und aromatisch. Claire sprach zwar kein besonders gutes Deutsch, aber sie war freundlich und Julia fühlte sich sehr wohl mit ihr. Sie hätte den ganzen Morgen so sitzen und Claire zuhören können. Aber gerade, als sie beide herzlich lachten, trat der Pfleger ein und fuhr Julia so rasch hinaus, dass sie kaum Zeit hatte sich von Claire zu verabschieden.

„Warum die Eile?" wollte Julia wissen, als sie sich hastig die Hände gaben.

„Der Professor wartet nicht gern." Es war Claire ernst damit. Offenbar übte der Professor auf das Krankenhauspersonal die gleiche Wirkung aus wie auf seine Hausangestellten: Sofortiger, kommentarloser Gehorsam. Trotzdem mochten sie ihn.

Julia war tief in Gedanken, während man sie zum Auto fuhr. Der Professor hob sie hinein und setzte sich hinter das Steuer.

Nach ein paar Minuten fragte Julia vorsichtig: „War alles in Ordnung, Herr Professor?"

Höflich distanziert kam die Antwort: „Keine Schädelverletzung. Morgen werde ich die Fäden an ihrem Bein ziehen. Sie dürfen täglich ein wenig laufen, mit Stock, natürlich."

„Ja, Herr Professor." Ihre Stimme klang so dünn, dass er ihr durch den Rückspiegel einen Blick zuwarf. Als sie ihn anlächelte, schaute er weg.

Zu Hause angekommen, trug er sie hinauf und setzte sie in den Sessel am Fenster. „Nach dem Essen bringe ich Sie hinunter in einen der Salons. Fühlen Sie sich einsam?"

Die Frage überraschte sie. Gerade wollte sie ja sagen, aber da fiel ihr ein, dass der Professor nicht an ihrer Gesellschaft interessiert war. „Nein. Ich lebe auch in Rostock allein. Ich habe eine Wohnung in der Nähe der Ostseeklinik."

Er nickte und verabschiedete sich. Minuten später hörte sie ihn wegfahren.

Kein besonders erfolgreicher Morgen, dachte Julia. Auch wenn er gefragt hatte, ob sie einsam sei. Außerdem hatte sie ihm Märchen erzählt. Erstens war sie natürlich einsam. Zweitens war die „Wohnung" die sie so beiläufig erwähnt hatte, in Wirklichkeit ein schäbiges Zimmer. Julia sah das Zimmer ganz deutlich vor sich. Drinnen hockte der liebe alte Kater Felix und wartete geduldig auf ihre Rückkehr. Wie gern hätte sie jetzt in sein rundes Gesicht geschaut und seinen pelzigen, warmen Körper auf den Knien gefühlt!

„Ich bin eine richtige alte Jungfer!" sagte sie laut zu sich, und gleich darauf rief sie: „Herein!" mit heller fröhlicher Stimme, weil es geklopft hatte.

Eduard trat ein und brachte Tee und Gebäck. „Der Professor sagt, wenn sie Kopfschmerzen haben, Mademoiselle, sollen Sie diese Tabletten nehmen."

„Mein Kopf tut nicht mehr weh, danke, Eduard. Jedenfalls ist es nicht mehr schlimm. Ist der Professor wieder weggefahren?

„Ja, nach Narbonne diesmal. Er hat viel zu tun."

„Ja, wirklich. Es ist still hier, finden Sie nicht auch? Hat er denn keine Familie oder Gäste?" Eduard zögerte einen Moment, und Julia setzte sofort hinzu: „Entschuldigung, ich wollte nicht indiskret sein."

„Weiß ich, Mademoiselle. Ich bin auch keine Klatschtante, schon gar nicht, wenn es um den Professor geht. Das ist ein herzensguter Mensch, aber glücklich ist der auch nicht."

Julia schenkte sich Tee ein und wartete.

Eduard nickte betrübt. „Als ich hier anfing, war das Haus immer voll mit Leuten. Viele Jahre ist das her. Ich habe in der Gegend Urlaub gemacht und habe Laure kennen gelernt, sie war damals Küchenmädchen. Na, und dann bin ich eben geblieben. Damals lebten die Eltern vom Professor noch. Einige Jahre nach deren Tod hat er geheiratet. Das waren lustige Zeiten, als die junge Baronin hier wohnte."

„Baronin?"

„Ja, wissen Sie Mademoiselle", Eduard kratzte sich am Kopf, „der Professor ist ein Baron."

„Wann hat er denn geheiratet, Eduard?" Hoffentlich erzählte der Diener weiter.

„Das ist schon viele Jahre her. Hübsch war sie und lebenslustig, dass er Arzt ist und immer arbeitet, das mochte sie gar nicht. Und dass er nach den Ländereien sah, wenn er zu Hause war. Sie hatte es gern lustig. Verlassen hat sie ihn, ein Jahr nach der Hochzeit. Mit irgendeinem Windhund ist sie durchgebrannt, und dann sind die beiden ein paar Monate später mit dem Flugzeug abgestürzt."

Julias Tee war kalt geworden. Deshalb legte der Professor auf ihre Gesellschaft keinen Wert! Wahrscheinlich hatte er seine Frau sehr geliebt! Sehr ernst sagte sie: „Danke, Eduard, dass Sie mir das erzählt haben. Ich bin froh, dass Sie und ihre Frau und Madame Bouvier da sind und sich um ihn kümmern."

„Das tun wir, Mademoiselle! Soll ich den Tee noch mal warm machen?"

„Er ist gerade richtig, danke! Ich glaube, ich werde vor dem Mittagessen noch ein wenig schlafen."

Aber sie schlief nicht. Sie saß da und dachte an den Professor. Ob sie einsam sei, hatte er wissen wollen. Aber einsam war in Wahrheit er.

Am nächsten Morgen zog Professor de Beychevelle die Fäden. Er ging so kühl mit Julia um, dass sie allen Mut verlor. Frostig hatte er sie begrüßt und sich ohne weiteres Wort an die Arbeit gemacht. Als er fertig war, stand er auf, betrachtete das Bein, erklärte, es heile gut, und legte einen neuen Verband an. Dann wollte er wissen, ob sie nach unten gehen wolle.

„Ja, sehr gerne!" Julias Lächeln wurde mit einem eisigen Blick erwidert. Aber sie ließ sich nicht einschüchtern

„Darf ich meine eigenen Kleider anziehen? Dieser Morgenmantel gehört doch jemanden. Außerdem mag ich ihn nicht mehr tragen, er ist mir viel zu weit."

„Er ist Ihnen gerne geliehen worden!" wurde Julia belehrt.

„So habe ich das nicht gemeint! Bitte, halten Sie mich nicht für undankbar. Ich meine nur, er ist mir ein bisschen zu groß, und ich …"

„Sie brauchen sich nicht zu entschuldigen, Mademoiselle Schneider. Sie sollten sich heute nicht zu viel bewegen. Die Wunde an ihrem Bein war tief und ist noch nicht vollständig verheilt."

Alles hatte sie wieder falsch gemacht! Julia war ärgerlich, und sie versuchte sich zu überzeugen, dass sie für den Professor gar nichts übrighatte. Soll er doch verstauben bei seinen Büchern und Vorträgen und Papieren!

Laure half Julia beim Anziehen. Gerade überlegte sie, ob sie wohl die Treppen allein hinuntergehen sollte, da trat Eduard ein. Er gab ihr einen Gehstock und bot ihr seinen Arm.

„Der Professor sagt, Sie sollen sich auf mich stützen. Und Sie sollen immer nur eine Stufe nehmen, wie eine alte Dame", setzte er verschmitzt hinzu.

Julia kam nur langsam voran, aber so konnte sie sich etwas umsehen. Die große Eingangshalle führte in einem atemberaubenden Raum! Er war hoch und weit und elegant und einladend möbliert. In dunklen Vitrinen standen Porzellan und Silber, und an den Wänden hingen Ölporträts in schweren Rahmen und Gobelins. Im Kamin brannte ein Feuer. Davor stand ein Lehnsessel, und auf dem Tischchen daneben lagen Zeitungen und Zeitschriften.

„Der Professor hat gesagt, ich soll Ihnen etwas zum Lesen holen. Hoffentlich ist es Ihnen so recht. Wenn Sie möchten, zeige ich Ihnen nachher die Bibliothek."

„Sie sind alle so nett zu mir, Eduard, und ich mache Ihnen nur mehr Arbeit."

Mit erstauntem Kopfschütteln sah Eduard Julia an. „Aber wir freuen uns, dass Sie hier sind. Sie haben's ja selber gesagt: Es ist still hier."

„Neulich habe ich einen Hund gehört."

„Das war Rex. Er macht nicht viel Lärm, aber wenn der Professor nach Hause kommt, dann bellt er freudig. Laure hat noch eine Katze."

Julias Augen leuchteten auf. „Ich habe einen Kater! Er heißt Felix. Meine Wirtin pflegt ihn jetzt. Ich freue mich sehr auf ihn."

„Das glaub ich. Madame Bouvier bringt gleich ihren Kaffee."

Julia blätterte in den Zeitschriften. Kurz vor Mittag hörte sie die Stimme des Professors. Aber der Professor kam nicht zu ihr herein. Bald darauf brachte Laure Julias Mittagessen, setzte das Tablett lächelnd ab und ging wieder fort. Während Julia den schmackhaften Braten aß, hörte sie den Professor mit Eduard sprechen, während er die Eingangshalle durchquerte und das Haus verließ.

Nach dem Essen führte Eduard Julia in die Bibliothek und setzte sie in einen Sessel an einem der runden Tische in dem riesigen Zimmer. Kaum war er gegangen, ergriff Julia ihren Stock und wanderte die Bücherregale entlang, die alle Wände des Zimmers bedeckten.

Da standen Bücher in verschiedenen Sprachen, meist wissenschaftliche, aber auch ein paar Romane in deutscher Sprache und natürlich viele französisch geschriebene medizinische Werke. Julia interessierte sich nur für ein deutsch - französisch Wörterbuch.

Da sie ohnehin ein paar Tage als Gast im Hause des Professors bleiben musste, wollte sie die Zeit nutzen und ein paar Brocken seiner Sprache lernen.

Ganz in ihrer Tätigkeit versunken murmelte sie vor sich hin, als Eduard ihr den Kaffee brachte und sie fragte, wie sie sich fühle.

„Gut, Eduard, danke! Ich versuche ein bisschen Französisch zu erlernen, aber ich glaube, meine Aussprache ist vollkommen falsch."

„Das ist sie wohl! Fragen Sie doch Madame Bouvier nachher, ob sie Ihnen hilft. Die kann das ganz großartig. Eine schwierige Sprache!"

Julia trank ihren Kaffee. Sie fühlte sich viel wohler, weil sie jetzt etwas zu tun hatte. Bald darauf kam Madame Bouvier herein, um die Lampen anzuzünden, und Julia bat sie, sich einen Augenblick zu ihr zu setzen und ihr ein wenig zu helfen.

Sie hatte sich eine Liste von Wörtern gemacht und sprach sie nun - ziemlich falsch - der Haushälterin vor und ließ sich verbessern.

Der Nachmittag verflog sehr rasch. Schließlich musste die Haushälterin wieder an ihre Arbeit und verabschiedete sich herzlichst. „Eduard bringt Sie nachher wieder auf Ihr Zimmer."

Aber nicht Eduard, sondern der Professor trat ein. Er kam so leise, dass Julia gar nicht von ihrem Buch aufblickte und nur sagte: „Eduard, Madame Bouvier hat mir wirklich sehr geholfen, aber hier ist ein Wort, das ich nicht behalten kann.

Sie sah hoch und verstummte. Der Professor stand dicht neben ihr, blickte auf sie herab und wünschte ihr einen guten Abend.

Julia erwiderte den Gruß. „Entschuldigen Sie. Ich hatte Eduard erwartet, der mich auf mein Zimmer bringen wollte. Ich wusste nicht, dass Sie schon im Haus sind, sonst wäre ich eher hinaufgegangen." Sie erhob sich am Stock und raffte Wörterbuch, Papier und Bleistift zusammen. Der Professor nahm es ihr ab und fragte förmlich: „Würden Sie mit mir zu Abend essen? Da Sie schon hier sind ..."

Julia war verblüfft! Als sie schließlich antwortete, war ihre sanfte Stimme kaum zu hören. „Sie sind sehr liebenswürdig, aber ich möchte nicht, danke."

Sie streckte die Hand nach dem Wörterbuch aus, aber er entzog es ihr. Ärgerlich fragte er „Warum wollen Sie nicht mit mir essen?"

„Weil Sie mich eigentlich gar nicht um sich haben wollen", antwortete sie offen. „Sie haben ausdrücklich gesagt, ich sollte Sie nicht stören, und ich habe es versprochen." Lächelnd setzte sie hinzu: „Ich fühle mich sehr wohl, noch nie bin ich so verwöhnt worden!" Julia streckte wieder die Hand aus, und diesmal gab der Professor ihr das Buch.

„Wie Sie wünschen Mademoiselle." Seine Höflichkeit traf Julia noch mehr als seine Kälte.

Der Professor reichte Julia den Arm und führte sie in die Eingangshalle. Am Fuß der Treppe hob er sie hoch und trug sie hinauf bis vor ihr Zimmer. Er öffnete die Tür und wünschte ihr mit ausdrucksloser Stimme eine gute Nacht.

Julia wusste nicht, ob er über ihre Ablehnung erleichtert oder verärgert war. Auch sie wünschte ihm eine gute Nacht und betrat ihr Zimmer. Langsam entkleidete sie sich. Sie wollte ein Bad nehmen und dann ihr Abendessen am Kamin einnehmen.

Bald darauf kam Laure, half ihr beim Baden und brachte das Zimmer in Ordnung. Anschließend servierte ein Mädchen das Abendessen: Suppe, Kalbsfrikassee mit Salat und eine Zitronencreme als leichte Nachspeise.

Ob der Professor das gleiche aß? Vermutlich nicht.

Am folgenden Morgen kam Laure mit dem Frühstück und erzählte Julia, Eduard habe den Professor zum Flughafen gebracht und werde später zurückkommen.

„Der Professor ist verreist?" Aus irgendeinem Grunde war Julia beunruhigt.

„Ja er fährt nach Amsterdam und dann nach Brüssel. Er hält dort Vorträge."

„Wie lange bleibt er weg?"

„Vier, fünf Tage, vielleicht auch länger."

Dann käme er erst kurz vor ihrer Abreise zurück! Lustlos aß Julia ihr Frühstück. Bein und Kopf schmerzten kaum noch. Vorsichtig humpelte sie die Treppe hinunter und ging in die Bibliothek, wo sie den Vormittag damit verbrachte, eifrig französische Wörter zu lernen. Eine besonders sinnvolle Beschäftigung war das zwar nicht, aber immerhin hatte sie etwas zu tun.

Nach dem Mittagessen ging Julia in den Garten. Der Tag war kühl, Herbst lag in der Luft. Madame Bouvier hatte sie deshalb in ein dickes Wollcape gehüllt, das bis auf die Knöchel fiel. Aber es erfüllte seinen Zweck, als Julia sich auf einer Bank unter Akazien ausruhte und ihre Umgebung betrachtete.

Vor ihr erstreckte sich der Garten, und auf der anderen Seite des Hauses lagen Wiesen, die zum weitläufigen Besitz gehörten. Der Naturstein der Gebäude und Mauern, hatte im Alter einen weichen Ton bekommen. Julia sah zu dem breiten Eingangsportal des Hauses hinüber, und in ihrer Phantasie tollten lachende Kinder auf den Treppen und der Auffahrt. Sie sah, wie an Winterabenden einladendes Licht durch die hohen Fenster fiel und fröhliche Gäste ins Haus kamen.

Aber das geschieht ja gar nicht, dachte sie betrübt. Der Professor ist ein Einsiedler geworden. In seinem Leben gibt es nur noch Arbeit und Bücher.

„Ich muss ihn zum Lachen bringen", sagte sie laut. Aber wie sie das wohl erreichen sollte!

Am folgenden Morgen, als Eduard Julia den Kaffee in die Bibliothek brachte, kamen sie auf Weihnachten zu sprechen.

„Hat der Professor den keine Angehörigen oder Freunde, die diese Tage mit ihm verbringen?"

„Nein. Einmal gibt er ein Fest, das ist sogar eine ziemlich große Sache. Aber Familie hat er nicht. Es ist eine stille Zeit."

„Ohne Weihnachtslieder?"

„Nicht mal das. Schon schade."

Julia schenkte sich Kaffee ein. Plötzlich kam ihr eine Idee: „Eduard wie wär's diesmal mit Weihnachten? Sie sind sechs Angestellte, nicht wahr? Können Sie nicht den anderen die Texte beibringen? Oder gibt es nicht auch französische Weihnachtslieder?"

„Eine Menge sogar! Aber ohne Klavierbegleitung würden wir ein bisschen komisch klingen."

„Ich kann Klavier spielen, Eduard! Ist das nicht eine gute Idee, wenn Sie ein paar Weihnachtslieder lernten und sie dem Professor zum Fest vorsingen? Als Überraschung, meine ich."

Eduard schien nicht recht überzeugt.

Julia setzte ihre Tasse ab. „Schauen Sie, Eduard, alle Menschen mögen Weihnachten! Wenn Sie ihn überraschen, macht es viel mehr Spaß. Vielleicht kommen auch Freunde oder sonst wer zu ihm." Es schien ihr plötzlich sehr wichtig, dass der Professor ein schönes Weihnachtsfest erleben konnte.

Eduard blickte in ihr ernsthaftes Gesicht und willigte ein.

„Wir können es versuchen, Mademoiselle. Im Salon steht ein Klavier und im Aufenthaltsraum der Angestellten auch."

„Dürfte ich auch spielen? Ich möchte nicht so einfach eindringen."

„Aber klar, Mademoiselle! Wir würden uns freuen!"

Später führte Eduard Julia in eine große Küche mit altmodischen Schränken und Anrichten. Laure und Madame Bouvier begrüßten sie herzlich. Von der Küche aus führte eine Tür in ein geräumiges, gemütliches Zimmer. Hier standen ein langer, schwerer Esstisch, ein Fernsehgerät und an einer Wand ein Klavier.

Julia ging ans Klavier und begann zu spielen. Sie war keine große Pianistin, aber sie spielte mit Gefühl und echter Freude. Einen Augenblick lang vergaß sie Eduard, während sie ein bisschen Schubert, Mozart und Brahms klimperte, und sie zuckte zusammen, als plötzlich alle ihr Beifall klatschten.

„Sie spielen schön, Mademoiselle!" rief Eduard begeistert. „Können Sie uns nicht manchmal etwas spielen, das wir alle singen können?"

Er klang begeistert, und Julia sah auf den Gesichtern der anderen, welchen Spaß sie an dieser Idee hatten.

„Aber sicher! Sagen Sie, was Sie singen wollen, und ich versuche mein Bestes."

Sie blieben noch eine gute Stunde beisammen: Eduard, Laure und Madame Bouvier, drei junge Dienstmädchen und ein älterer Mann, den sie bisher noch nicht gesehen hatte. Als sie aufhörte, versprach sie, am nächsten Abend wiederzukommen.

Als Eduard sie zu ihrem Zimmer führen wollte, fragte Julia, ob sie das Klavier im Salon sehen dürfe.

Dann stand sie im Türrahmen und blickte mit großen Augen um sich. Der Flügel stand auf einem flachen Podium unter dem Fenster. Er war wunderschön, und sie hätte liebend gern darauf gespielt. Alles war wundervoll: die getäfelten Wände, die Fenster mit den schweren, weinroten Brokatvorhängen. Den Marmorkamin zierte eine mächtige Abzugshaube, in die das Familienwappen eingearbeitet war.

Aber Julia hätte den Raum nie ohne Aufforderung des Professors betreten. Sie bezweifelte, dass er sie dazu auffordern würde! Julia bedankte sich bei einem reichlich verwunderten Eduard. Und ging auf ihr Zimmer.

Julia lag mit offenen Augen im Bett. Es würde Spaß machen, das Haus auszukundschaften, aber die meisten Türen würden für sie verschlossen bleiben. Immerhin, sagte sie sich, du warst Gast in einem wunderschönen alten Haus und bist von allen Seiten bedient worden.

Etwas später hörte Julia, wie Eduard die Türen abschloss und Rex bellte. Eduard hatte ihr erklärt, wieso sie den Dobermann noch nicht gesehen hatte. Sie sollte erst ganz sicher auf den Füßen sein.

„Das ist einer von der lieben Sorte", hatte Eduard gesagt, „aber ziemlich groß geraten."

Morgen lerne ich Rex kennen, nahm sie sich vor. Das Bein machte gute Fortschritte und schmerzte nur noch gelegentlich, wenn sie müde wurde.

Mit diesem beruhigenden Gedanken schlief Julia ein.

3. KAPITEL

Am nächsten Tag dehnte Julia ihren Spaziergang aus. Sie folgte den Gartenwegen, setzte sich von Zeit zu Zeit auf eine Bank und bewunderte die Anlage. Ob der Professor je Zeit hatte, seine Ländereien zu genießen? Aber wahrscheinlich war er zu selten zu Hause, vermutete sie.

Julia ging um das Haus herum. Dort lagen eine Scheune, Ställe, eine große Garage und ein Schuppen, aus dem es nach Getreide und Äpfeln roch. Und hier stand sie plötzlich Auge im Auge mit einem schwarzen Dobermann. Er reichte ihr bis zur Taille. Aus seinem aristokratischen Gesicht blickte er sie aufmerksam an.

„Rex!" rief Julia. „Oh, was bist du für ein lieber Kerl."

Sie streckte ihm die Hand entgegen. Er schnüffelte und legte dann seine mächtigen Vorderpfoten auf ihre Schulter. Offenbar gefiel Julia ihm, denn er leckte ihr über das Gesicht, ließ sich wieder auf die Pfoten fallen und hielt ihr seinen Kopf zum Kraulen hin. Gemeinsam beendeten sie den Spaziergang und traten durch einen Nebeneingang ins Haus, wo Eduard schon besorgt auf sie wartete.

„Da sind sie ja, Mademoiselle! Sie sind doch nicht zu viel gelaufen? Rex hat sie hoffentlich nicht erschreckt? Ich bringe ihn jetzt raus."

„Ach, Eduard, kann er nicht bei mir bleiben?" fragte Julia. „Er leistet mir Gesellschaft, und er ist so lieb. Darf er im Haus sein?"

„Aber sicher, Mademoiselle! Dem Professor geht er nicht von den Fersen. Natürlich kann er bei ihnen bleiben. In der Bibliothek wartet ein feines Mittagessen. Und Madame Bouvier sagt, wenn Sie sie heute Nachmittag brauchen, will sie Ihnen gerne helfen."

So verstrichen dieser und auch die folgenden Tage mit angenehmer Unterhaltung. Julia konnte sich immer besser bewegen. Eduard hatte ihr berichtet, dass der Professor in zwei Tagen zurück sein würde, und sie bereitete sich auf ihre Abreise vor, denn sie wollte seine Gastfreundlichkeit keinen Augenblick länger als nötig in Anspruch nehmen. Natürlich brauchte sie ein Flugticket für die Heimreise, aber das würde nicht viel Zeit kosten. Eduard hilft mir bestimmt, dachte sie. Vielleicht kann er mich sogar zum Flughafen nach Toulouse fahren!

Nach dem Mittagessen sprach sie sogleich mit ihm darüber, aber der meinte: „Sie sollten lieber erst mit dem Professor reden. Vielleicht will er sie nicht gleich abfahren lassen."

„Es geht mir wieder gut", meinte Julia sachlich. Es war wirklich sehr liebenswürdig, dass ich so lange bleiben konnte, aber ich möchte nicht länger als nötig zur Last fallen."

Eduard schüttelte den Kopf und murmelte etwas Unverständliches. Dann bat er Julia, doch wieder für sie Klavier zu spielen, was sie mit Vergnügen tat und so einen angenehmen Abend verbrachte.

Julia stellte fest, dass sie immer häufiger an den Professor dachte. Reine Zeitverschwendung, sagte sie sich - und ließ ihren Gedanken weiter freien Lauf.

Am folgenden Tag regnete es, und Julia verbrachte viel Zeit in der Bibliothek. Rex leistete ihr Gesellschaft, während sie über dem

Wörterbuch brütete. Sie machte Fortschritte, fand sie. Es war Zeitverschwendung, aber es vertrieb die Zeit und brachte sie dem Professor ein wenig näher.

An diesem Tag ging sie früher als sonst zum Klavierspielen. Eduard und die Anderen waren offensichtlich froh, sie zu sehen, wünschten sich dies und jenes, klatschten den Rhythmus und trällerten mit.

Als alle Wünsche erfüllt waren, spielte Julia für sich selber. Vergessene Melodien fielen ihr wieder ein, die sie einst gespielt hatte. Sie spielte Mozart und Chopin und merkte nicht, dass alle ganz still geworden waren. Plötzlich hielt sie inne. „Tut mir leid. Ich bin ganz abgekommen!"

In diesem Augenblick sah sie den Professor. Er lehnte im Türrahmen, die Hände in den Taschen. In seinem Gesicht stand kalter Zorn, und er sagte mit eisiger Höflichkeit: „Bitte hören sie auf Mademoiselle Schneider."

„Sie sind ärgerlich, das tut mir leid! Ich habe kein Recht, mich hier aufzuhalten. Aber bitte machen Sie Eduard nicht dafür verantwortlich. Ich habe mich selber eingeladen!"

Sie wollte noch so viel sagen, aber beim Anblick seines Gesichtes verstummte sie. In ihrem gerade erlernten Französisch sagte sie allen Gute Nacht und ging an ihm vorbei zur Tür hinaus.

Der Professor holte sie ein, bevor sie die Treppe erreicht hatte. Sie seufzte. Er würde ihr eine Predigt halten. Vielleicht ließ er sich besänftigen, schließlich war nichts passiert. Sie drehte sich zu ihm um. „Warum sind Sie so ärgerlich?"

„Ich habe allen Grund, Mademoiselle Schneider. Ich komme nach Hause, und was finde ich? Mein gesamtes Hauspersonal wird von Ihnen im Aufenthaltsraum unterhalten. Wäre ich früher gekommen, hätte ich sie vermutlich beim Skatspielen angetroffen!"

„Nicht Skat, wir haben in der Küche Bridge gespielt. Etwa eine gute Stunde. Sehen Sie, ich lerne Französisch."

„Ich wüsste nicht, wozu", bemerkte er spöttisch.

„Es ist eine Beschäftigung. Ich bin ja nicht mehr krank."

Seine Stimme war beherrscht und kalt: „Mademoiselle Schneider, Sie haben meinen Haushalt gestört. Ich habe mein Bestes zu ihrer Gesundung getan. Ich finde Ihr Betragen unerhört."

Julia sah ihm gerade in die Augen. Sie biss sich auf die Lippe, damit sie nicht zitterte. „Es tut mir leid, Professor."

Er drehte sich auf dem Absatz um. „Das freut mich. Hoffentlich ändern Sie ihr Verhalten." Ohne ein weiteres Wort ging er in sein Arbeitszimmer.

Julia betrat ihr Zimmer und setzte sich niedergeschlagen aufs Bett. Eduard hatte ihr gesagt, dass der Professor zum Abendessen ausgehen würde. Vermutlich besucht er einen seiner noblen Freunde, dachte sie, wo die jungen Damen Besseres zu tun haben, als im Aufenthaltsraum der Angestellten Klavier zu spielen.

Ach, was soll's! Julia stand auf und ging zu der Kommode, in der ihre Habseligkeiten untergebracht waren. Sie holte ihre Reisetasche und begann zu packen, sorgfältig und ohne Hast. Sie hatte Zeit. Bald würde sie, wie immer, allein ihr Abendessen einnehmen. Wenn alle in der Küche waren, wollte sie unbemerkt das Haus verlassen.

Eine Weile grübelte sie über eine Nachricht nach, die sie natürlich hinterlassen musste. Am besten lege ich einen Brief in das Arbeitszimmer, dachte Julia. Dann findet der Professor ihn sofort, wenn er nach Hause kommt.

Als sie mit Packen fertig war, ging Julia ins Esszimmer, wo das Abendessen für sie aufgetragen worden war. Sie fühlte sich verloren an dem großen Tisch, umgeben von all den schweren Möbeln.

Eduard war unsicher. Der Professor sei überhaupt nicht ärgerlich gewesen, versicherte er Julia, er hatte nicht über die Sache gesprochen. Eduard und die anderen hofften, dass Julia morgen wieder für sie spielen könnte. Erst wollte er natürlich sicher sein, dass der Professor nichts gegen ihre Anwesenheit im Aufenthaltsraum des Personals einzuwenden hatte.

Nach dem Abendessen ging sie auf ihr Zimmer. Als sie eine gute Stunde später wieder die Treppe hinunterging war es still im Haus. Alle Angestellten hielten sich in der Küche auf. Niemand wird mich vermissen, dachte Julia.

Sie hatte ihre Reisetasche in der Eingangshalle abgestellt und betrat das Arbeitszimmer des Professors, um ihren Brief auf den mit Papieren und Büchern überhäuften Schreibtisch zu legen.

Mit einem tiefen Seufzer schloss Julia die Tür, nahm ihre Reisetasche und ging zur Haustür. Das Bein hatte sie fest bandagiert, denn wie sie von Madame Bouvier erfahren hatte, konnte sie erst im nächsten Dorf einen Bus in die Stadt nehmen. Bis dahin würde sie laufen müssen.

Zögernd legte Julia die Hand auf die schwere Türklinke. Die Tür ging auf, und im Rahmen stand der Professor. Vor Überraschung brachte Julia keinen Ton hervor. Der Professor schien völlig unbewegt. Er sagte nichts, ergriff die Reisetasche und schob Julia sanft ins Haus zurück. Erst als er die Tür wieder geschlossen hatte, fragte er: „Wohin wollten Sie, Julia?"

„Nach Hause, ins Krankenhaus, meine ich." Zum ersten Mal hatte er sie Julia genannt. Es klang nett!

Sie kam sich albern vor, ihm etwas zu erklären, was er doch wusste, „Mir ist klar, dass ich Ihnen eine Last bin. Ich bin dankbar für alles, was Sie für mich getan haben, aber jetzt kann ich wieder nach Hause fahren. Vielen Dank nochmals!"

Sie zuckte zusammen, als er auflachte. Gar nicht furchtsam setzte sie hinzu: „Sie brauchen nicht zu lachen, wenn sich jemand bei Ihnen bedankt."

„Ich finde es merkwürdig, dass Sie sich für etwas bedanken, das Sie gar nicht bekommen haben. Ich glaube nicht, dass ich nett zu Ihnen gewesen bin. Ich habe getan, was jedermann in einer ähnlichen Situation getan hätte. Aber ich muss gestehen, dass ich oft vergessen habe, dass Sie überhaupt im Haus waren."

Julia schwieg. In ihrem Kopf herrschte ein dumpfes Durcheinander von vielen unglücklichen Gedanken.

Mit einer Hand strich er ungelenk über ihre Wange. „Haben Sie sich sehr einsam gefühlt?"

Das Leben in ihrem Zimmerchen in Rostock hatte sie gelehrt, einsam zu sein. Julia schüttelte den Kopf und spürte noch seine Hand.

„Sie freuen sich auf Ihre Heimreise, in ihre Wohnung und auf ihre Freunde. Vermutlich werden Sie noch eine Weile nicht arbeiten dürfen."

Julia hatte ihre Stimme wiedergefunden, wenngleich sie noch heiser klang. „Ich freue mich sehr auf zu Hause."

Seine Stimme war wieder gewohnt kühl und distanziert, als ginge es ihn nichts an, was sie tat. „Natürlich. Aber bitte warten Sie bis morgen früh. Ich werde Ihnen einen Busticket buchen lassen. Eduard fährt sie bis Toulouse."

„Danke."

„Haben Sie genügend Geld bei sich?"

Julia nickte.

„Dann gehen Sie jetzt schlafen. Haben Sie noch Schmerzen?" Er deute auf den Verband.

„Nein, ich habe es bandagiert, weil ich dachte, ich müsste eine ganze Weile zu Fuß gehen."

„Bitte kommen Sie in mein Arbeitszimmer. Ich möchte es mir ansehen und neu bandagieren."

Vorsichtig betastete er die Umgebung der Wunde und legte einen leichten Verband an. „So kommen Sie gut in die Ostseeklinik. Lassen Sie die Wunde noch einmal untersuchen. Ohne Bandage wird sie besser heilen. Gute Nacht, Julia!"

Er hatte die Tür geöffnet und reichte ihr die Hand. Es war eine kühle, feste Hand. Julia mochte sie nicht loslassen.

„Gute Nacht, Professor. Ich werde nicht vergessen, was Sie für mich getan haben. Es tut mir leid, dass ich Unruhe in Ihr Haus gebracht habe."

Einen Augenblick glaubte sie, er wolle etwas sagen, aber er schwieg.

Es war Nachmittag, als Julia in der Güstrower Straße ankam und die Haustür mit der Nummer 24 aufschloss. Im gleichen Augenblick schoss Frau Konrad aus ihrer Haustür, begierig auf ein bisschen Klatsch.

„Ihre Freundinnen waren hier. Sie sagten, Sie hätten sich das Bein verletzt und eine Gehirnerschütterung erlitten. Scheußliche Sache, so eine Gehirnerschütterung. Sie hätten sterben können!" Sie spähte nach Julias Bein und war dann merklich enttäuscht. Beinahe entschuldigend erklärte Julia: „Ich brauche keinen Verband mehr. Danke, dass Sie meinen Kater versorgt haben, Frau Konrad."

„Keine Ursache." Frau Konrad begeisterte sich für die Probleme anderer Leute. In diesem Falle, fand sie, war ihr Mitgefühl vertan.

Julia ging die Treppe hinauf und öffnete eine Tür am Ende des Flures. Es war nicht das schönste Zimmer ihrer Wirtin, aber es war ruhig und zeigte auf einen Garten hinaus. Außerdem hatte es einen winzigen Balkon, was Kater Felix gut gefiel.

Felix kam schnurrend auf sie zu, Julia nahm ihn hoch und setzte sich auf den Diwan, die nachts als Bett diente.

Im Vergleich zu dem geräumigen Haus des Professors wirkte das Zimmer besonders klein und dunkel. Julia hatte sich viel Mühe gegeben. Sie hatte hübsche Vorhänge aufgehängt und den Diwan mit einer fröhlich gemusterten Decke und Kissen bedeckt. Aber die billigen Möbel, die Küchenzeile in der Ecke und das kleine Badezimmer daneben ließen sich nicht verstecken.

Julia hatte sich noch nie selbst bemitleidet, aber jetzt steckte ihr ein Kloß in der Kehle. Der Unterschied war einfach zu groß. Sie vermisste sie alle: den Professor, auch wenn er sie nicht leiden konnte, Eduard, Laure, Madame Bouvier. Sie hatten sie verwöhnt, und Julia, die so etwas nicht gewöhnt war, hatte sich unendlich wohl gefühlt. Bis zu dem Augenblick, als Eduard sie bis zur Abfahrtshalle begleitet hatte. Julia hatte gehofft, den Professor noch vor ihrer Abreise zu sehen. Aber er war schon vor dem Frühstück aus dem Haus gegangen und noch nicht zurück, als alle Angestellten an der Tür standen und sie verabschiedeten.

Julia stand auf, gab Felix ein Schälchen Milch und setzte Wasser auf. Tee würde ihr guttun. Dann wollte sie auspacken und ins Krankenhaus gehen. Auf dem Rückweg würde sie Blumen kaufen, um ein bisschen Farbe ins Zimmer zu bringen.

Im Personalbüro der Klinik erfuhr Julia, dass der Professor ihretwegen einen Brief geschrieben hatte. Er empfahl, ihr noch einige

Tage Krankenurlaub zu geben, bevor sie ihren Dienst auf der Station wiederaufnähme.

„Ich bin ganz seiner Meinung", stimmte die Sachbearbeiterin im Personalbüro zu. „Kommen Sie in fünf Tagen wieder zum Dienst. Sie werden wieder auf der chirurgischen Frauenstation eingesetzt. Die Stationsschwester wird froh sein, wenn Sie wiederkommen."

So schlenderte Julia durch die Geschäftsstraßen nach Hause. Sie machte ein paar Einkäufe und leistete sich einen Strauß Blumen. Sie hätte lieber gleich mit der Arbeit angefangen. Aber so verbrachte Julia die Tage damit, ihr Zimmer besonders gründlich zu säubern, zu lesen und sich mit ihrem Kater Felix zu unterhalten. Im Krankenhaus wusste niemand, dass sie zurück war. Man hätte sie gewiss zu einem Kinobesuch oder zum Abendessen eingeladen. Aber die meisten von Julias Bekannten hatten einen Freund, und sie mochte nicht aus Mitleid eingeladen werden. Nur ihre besten Freundinnen wussten, dass sie keine Familie hatte, und dass sie nicht gern darüber sprach. Dabei zeigte Julia immer ein frohes Gesicht. Wer sie nicht besser kannte, hielt Julia für eine selbstbewusste, nur an ihrem Beruf interessierte junge Frau.

Nach fünf Tagen nahm Julia ihren Dienst wieder auf. Ihre Freundinnen traf sie in der Frühstückspause in der Kantine und musste alle möglichen Fragen beantworten. Annemarie, Sylvie und Pia wollten ausführlich wissen, wie es ihr ergangen war, ob das Bein gut verheilt war, ob sie sich wohl gefühlt und ob der Professor sie gut unterhalten hatte.

„Na, das kann man eigentlich nicht sagen", schränkte Julia ein. „Er war immer sehr zuvorkommend. Er hat mein Bein versorgt und mich in der Klinik in Narbonne röntgen lassen. Ich bin ihm so weit wie möglich aus dem Weg gegangen. Er ist ein bedeutender Mann, und er hat wenig freie Zeit."

„Mein Typ wäre er schon", meinte Annemarie. „Ein bisschen alt vielleicht, aber ein Mann von Welt, sozusagen, nur zu ernst und zu zurückhaltend. Er scheint Pech in der Liebe gehabt zu haben."

Julia sagte nichts. Sie wollte nicht über seine Frau sprechen, Eduard hatte es ihr im Vertrauen erzählt. Ihr wurde kalt, als sie sich den Zorn des Professors vorstellte, wenn er herausbekäme, dass sie über seine Vergangenheit Bescheid wusste!

Pia bemerkte, dass Julia plötzlich fröstelte. „Was hast du, Julia? Ist auf der Station viel los?"

Julia ging rasch auf das neue Thema ein, und man unterhielt sich bis zum Ende der Pause.

Auf der chirurgischen Frauenstation herrschte Hochbetrieb. Julia blieb der Oberschwester auf den Fersen, immer bereit, dem kleinsten Wink zu folgen, ihr so viel wie möglich abzunehmen. Sie war froh, als es Zeit für das Abendessen in der Kantine war.

Wieder auf der Station, wurde Julia ins Zimmer der Oberschwester gerufen. Sie erfuhr, dass Schwester Lydia in der nächsten Woche Urlaub haben würde, und dass sie, Julia, die Station übernehmen sollte.

Schwester Lydia lächelte. „Das ist eine gute Übung! Sie sind für meinen Arbeitsplatz vorgesehen. Ich höre in absehbarer Zeit auf, weil ich heirate. Die Klinikleitung ist an jemandem interessiert, der einige Jahre lang hier arbeiten wird. Sie hätten mich gern behalten, aber ich habe genug. Jetzt sind Sie an der Reihe."

Julia war nicht sicher, ob das ein Kompliment war oder heißen sollte, dass sie doch nicht heiraten würde. Aber sie bedankte sich artig und sagte, sie hoffe, der Aufgabe gerecht zu werden.

Julia stand an ihrem kleinen Herd und bereitete sich das Abendessen. In Gedanken war sie beim Professor. Sie stellte sich vor, wie er allein, wie ein Einsiedler, in dem großen Haus lebte. Er soll eine schöne Frau treffen, erzählte sie ihrem Kater, die gut zu ihm passt und die er heiraten kann. Bei diesem Gedanken ließ sie den Fisch in der Pfanne brutzeln, denn plötzlich wurde ihr klar, dass sie alles dafür gegeben hätte, diese Frau zu sein. Nur leider bin ich nicht schön und passe nicht zu ihm, und ich bin ihm so auf die Nerven gegangen, so dass er froh war, als ich abreiste, sagte sie sich trocken.

Julia nahm Felix in die Arme und legte sich auf den Diwan. Wenn sie nur eine Gelegenheit bekäme, dann würde sie ihn glücklich machen, denn das war ihr wichtiger geworden als alles auf der Welt. Sie lachte leise auf. Ein unpassenderes Paar war kaum vorstellbar! Oh, warum hatte sie sich in ihn verliebt?

Sie vergaß den Fisch und hörte nicht das Miauen des Katers, der sie an ihr Abendessen erinnern wollte. Sie war versunken in einen wunderschönen Tagtraum. Darin war sie die reizvolle, gut gekleidete Frau des Professors. Eines anderen Professors natürlich! Eines Professors, der am Leben wie an seiner Arbeit gleichermaßen Freude hatte, der den Tagesablauf mit ihr besprach und ihn so plante, dass ihm genug Zeit für sie blieb. Sie spielte für ihn auf dem Flügel im Salon. Jeden Abend, wenn er nach Hause kam, ging sie ihm mit ihren bildhübschen Kindern entgegen. Es war alles völlig unmöglich und doch ganz deutlich vor ihren Augen. Wenn der Fisch in der Pfanne nicht angefangen hätte zu qualmen, hätte das noch stundenlang so weitergehen können!

So aber kam Julia abrupt in die Wirklichkeit zurück und kratzte die Fischreste aus der Pfanne, fütterte Felix und ging in die Stadtbücherei, um sich neue Bücher zu holen.

Den Abend verbrachte sie mit einem „Reiseführer durch Südwestfrankreich", aus dessen Seiten ihr immer wieder die ansprechenden, ernsten Züge des Professors entgegentraten.

4. KAPITEL

Eine Woche später ging die Oberschwester in Urlaub, übergab Julia die Stationsschlüssel und wünschte ihr viel Erfolg.

„Sie werden es schon schaffen, aber morgen ist Aufnahme!" Munter setzte sie hinzu: „Wir werden dann auf Gran Canaria am Strand liegen. Im kalten deutschen Herbst!"

Julia hatte keine Zeit, Schwester Lydia zu beneiden. In der Aufnahmewoche gab es immer viel zu tun, und diesmal war es besonders schlimm. Julia hatte alle Hände voll zu tun. Als die Woche endlich herum war, atmete sie erleichtert auf. Jetzt würde es etwas ruhiger werden. Sie konnte Professor van Kampen, den Chefarzt, auf den Visiten begleiten und den Schichtplan für die kommende Woche aufstellen. Und es würde Zeit für ein Gespräch mit den Patienten bleiben. Am Montag trat sie ihren Dienst mit der Erwartung an, sieben ruhige Tage vor sich zu haben.

Die ersten Stunden blieb es auch dabei. Die Schwestern waren gut gelaunt, Julia hatte ein bisschen mit den Patienten schwatzen können, und der Tagesplan war rasch aufgestellt.

Schließlich saß sie an ihrem Schreibtisch und arbeitete den Schichtplan aus. Sie war fast fertig, als es an der Tür klopfte. Bevor Julia etwas sagen konnte, öffnete sich die Tür, und Professor de Beychevelle trat ein.

Julia erstarrte, aber ihr Herz begann rasend zu hämmern. Sie saß auf ihrem Stuhl und blickte ihn aus großen braunen Augen an.

„Sie sind offenbar erstaunt mich zu sehen", stellte der Professor fest. Er sah schlecht gelaunt und müde aus.

Du liebst einen Mann, der sich nicht im Geringsten um dich schert! rief Julia sich innerlich zu, aber beherrscht sagte sie: „Ich bin erstaunt, Professor. Sie in Rostock ... Sie sind gewiss wegen einer Konsultation hier? Soll ich jemanden ...?"

„Nein, ich wollte mit Ihnen sprechen."

„Warum?" Ganz ohne Koketterie setzte Julia hinzu: „Ich habe wirklich keine Zeit. Eine Patientin braucht eine neue Bandage, und eine weitere muss zum Röntgen."

Mit einer Handbewegung fegte er ihren Einwand beiseite. „Was ich sagen will, ist schnell gesagt."

Julia verschränkte die schmalen, gepflegten Finger und blickte ihn aufmerksam an. Er stand wie angewurzelt an der Tür.

„Wollen Sie mich heiraten, Julia?"

Sie rührte sich nicht. Nach einem Augenblick fragte sie: „Soll das ein Scherz sein, Professor?"

„Nein, durchaus nicht. Bitte hören Sie mir gut zu und unterbrechen Sie mich nicht. Ich möchte es Ihnen erklären."

Julia sah sich im Raum um, um sich zu vergewissern, dass sie nicht träumte. Alles war wie immer. Auf dem Schreibtisch stapelten sich

Karteikarten und Akten. Durch das geöffnete Fenster drang kühle, neblige Luft ein, und die Heizung summte. Nur der Professor passte nicht ins Bild. Julia zwang sich, ihn anzusehen. „Bitte, sprechen Sie."

Seine Augen blickten durchdringend, als er begann: „Ich bin vierzig Jahre alt, und ich war schon einmal verheiratet, vor zwölf Jahren. Nach einem guten Jahr Ehe hat mich meine Frau wegen eines anderen Mannes verlassen. Kurze Zeit später starben beide bei einem Flugzeugabsturz. Ich hatte nicht die Absicht, wieder zu heiraten. Wozu auch? Ich habe meine Arbeit, mein Haus wird gut geführt, und wenn ich weibliche Gesellschaft wünsche, stehen immer attraktive Damen zur Verfügung."

Unter seinem musternden Blick wurde Julia unruhig, zweifellos verglich er sie mit besagten Damen. „Nun gut. Aber seit Sie fort sind, vermisse ich Sie. Meine Angestellten vermissen Sie. Alle machen seither ein langes Gesicht, sogar Rex und die Katzen." Wieder betrachtete er sie, als wolle er herausfinden, wieso gerade sie Unruhe in sein geordnetes Leben gebracht hatte. Als er fortfuhr, klang es irritiert:

„Sie sind eine ungewöhnlich junge Frau. Sie sehen nicht besonders gut aus und sind wenig ansprechend gekleidet. Dennoch stelle ich fest, dass ich mit Ihnen reden kann, ja, ich stelle fest, dass ich Ihnen erzählen möchte, was sich in meinem Tagesablauf ereignet. Ich bin nicht verliebt in Sie. Das ist auch nicht mein Interesse. Ich brauche eine ruhige, friedliche Gefährtin, eine vernünftige Frau, die nicht ständig ins Theater oder ausgehen oder fortwährend wissen will, wohin ich fahre. Ich brauche ..."

„Jemanden, der nichts fordert, nichts fragt, aber da ist, wenn Sie ihn brauchen", half Julia.

„Sie verstehen mich", sagte er erstaunt. „Ich brauche also nichts zu erklären. Vor allem keine Gefühlsduselei."

Unter seinem Blick krampfte sich Julias Herz zusammen.

„Sie werden ein angenehmes Leben führen, Julia. Die Hausangestellten haben Sie schon für sich gewonnen. Meine Freunde werden die Ihren sein, und finanzielle Probleme gibt es nicht. Als Gegenleistung bitte ich Sie nur um ihre Gesellschaft, wenn ich Sie brauche, dass Sie mit mir am Tisch sitzen, meine Gäste empfangen und mein Haus führen, wie ich es wünsche. Nun?"

Nun war es Julia, die in seinem Gesicht forschte. Es war ihm ernst mit jedem unverschämten Wort. Und er erwartete ihre augenblickliche Zustimmung. Ein bisschen muss ich ihn erziehen, dachte sie liebevoll. Ich muss ihn aus seiner einsamen, arroganten Welt herausholen und ihm beibringen, sich wieder zu freuen. Er muss doch einmal Freude gekannt haben! Ruhig sagte sie: „Ich möchte darüber nachdenken."

„Warum? Sie haben keine Familie und in der Zukunft nichts als Arbeit vor sich."

Schon wieder war da jemand überzeugt, dass sie niemals heiraten würde! Amüsiert und ärgerlich zugleich entgegnete sie: „Das klingt wie Erpressung."

„Keineswegs. Ich habe Ihnen die Ehe angeboten. Ich will nicht so tun, als hegte ich große Gefühle für Sie. Ich mag sie. Gelegentlich gehen Sie mir auf die Nerven, aber ich gebe zu, dass ich Sie mag. Nun?"

Julia lächelte. „Morgen werde ich Ihnen antworten. Ich möchte es überschlafen."

„Na schön. Ich dachte, Sie seien vernünftig."

„Eben deshalb muss ich darüber nachdenken." Es klopfte. Eine Schwesternschülerin spähte unschlüssig ins Büro.

„Was gibt's?" fragte Julia in aufmunterndem Ton.

„Wir haben den Verband beim Neuzugang abgenommen. Sie können die Wunde jetzt ansehen."

„Ich komme!"

Die Schwesternschülerin zog sich zurück. Der Professor stand direkt vor der Tür, so dass Julia nicht an ihm vorbeikonnte.

„Ich muss jetzt wirklich gehen!"

„Bis morgen, Julia!" Er öffnete ihr galant die Tür.

Sie ging an ihm vorbei, gelassen wie immer. Aber in ihrem Inneren tobte ein Sturm! Natürlich würde sie ihn heiraten, aber nicht aus den Gründen, die er genannt hatte.

An den einen, den entscheidenden Grund, hatte er nicht gedacht. Sie liebte ihn!

Während sie zu Hause Kater Felix fütterte, legte sie ihm ausführlich den Stand der Dinge dar. „Aber wahrscheinlich hat er die ganze Sache längst vergessen", sagte sie laut. „Ist wohl auch besser so."

Julia wollte gerade ihr Abendessen machen, als es klopfte. Vermutlich die Wirtin.

Aber es war der Professor, der da leger am Treppengeländer lehnte. Mit klopfendem Herzen wich Julia zurück, und er stand im Zimmer, bevor sie ein Wort sagen konnte.

Ohne Hast blickte er sich um. „Hier wohnen Sie also?"

„Guten Abend!" sagte Julia statt einer Antwort.

Nun, erst jetzt sah er sie an. „Es ist Ihnen unangenehm. Vermutlich wollten Sie verbergen, dass Sie in dieser unfreundlichen Umgebung leben."

„Es ist nicht weit bis zur Klinik. Und es ist mein Zuhause." Julia war ein wenig gekränkt.

Die Augen des Professors leuchteten auf, als er den Kater sah, der immer noch auf sein Abendessen wartete. „Ist das Ihre Katze?"

„Ja. Das ist Felix. Ich habe ihn gefunden, als er noch ein Kätzchen war."

„Er wird natürlich auch nach Haus Beychevelle ziehen."

Julia hatte ihre Fassung wiedergefunden. „Aber ich habe noch nicht gesagt, dass ich Sie heiraten werde."

„Vielleicht gehen wir irgendwohin, essen zu Abend und sprechen darüber."

Ob wohl irgendeinem Mädchen in der Welt außer mir jemals solch ein trockener Heiratsantrag gemacht worden ist? überlegte Julia. Am liebsten hätte sie die Einladung abgelehnt, aber sie hatte Hunger. „Ich muss mich umziehen."

„Ich warte draußen." Der Professor trat auf den Flur in eine Zwiebel-Duftwolke. Mit einem vielsagenden Blick zog er rasch die Tür hinter sich ins Schloss.

Julia besaß nicht viel, aber solide Garderobe, auch wenn der Professor sie „wenig ansprechend" genannt hatte. Sie zog ein schlichtes dunkelgrünes Wollkleid über und machte sich ein wenig zurecht. Sie kramte ihren guten Trenchcoat, ihre besten Schuhe und ihre einzige Handtasche hervor. Dann stellte sie ihrem Kater Futter hin und tröstete, sie werde bald zurückkommen.

Der Professor wartete, aber er machte den Eindruck eines Menschen, der seine Ruhe nur mit äußerster Anstrengung bewahrt. Julia konnte es ihm nicht verübeln: Der Zwiebelgeruch war unerträglich geworden.

Als sie auf die Straße traten, nahm der Professor Julias Arm und führte sie zu seinem Wagen. Er öffnete ihr die Wagentür, und während er selber einstieg, sagte er: „Ich habe im Restaurant des Hotel Neptun einen Tisch reservieren lassen."

„O nein!" rief Julia aus. „Dafür bin ich nicht angezogen!"

„Warum denn nicht!" besänftigte er, und mit einem Seitenblick auf sie: „Ich finde, Sie sehen gut genug aus."

Vermutlich hatte er keine Ahnung, was ich anhabe, dachte Julia. Wahrscheinlich wird er sie auch nie haben, weil er nie länger als einen Augenblick hinsieht. Aber genau genommen taten das andere Leute auch nicht.

Im Neptun in Warnemünde wurden sie an einen Tisch in die Mitte des Raumes geführt, obgleich Julia lieber in einer unauffälligen Ecke gesessen hätte.

Nervös nippte Julia an ihrem Sherry und studierte die Speisekarte. Während des Essens ging sie höflich auf die belanglose Konversation ein, die Professor de Beychevelle hielt.

Nachdem der Kellner ihnen Kaffee gebracht hatte, ging der Professor unvermittelt zur Sache über.

„Nun, Julia, wie lautet die Antwort auf meine Frage? Ja, oder nein?"

„Ja." Er hatte unverblümt gefragt und bekam eine unverblümte Antwort. Aber es berührte sie doch, dass sein Gesichtsausdruck sich nicht veränderte.

Er trat in die „Verhandlung" ein. „Sehr schön. Wir können dann unsere Hochzeit planen. Sie findet so bald wie möglich statt. Einverstanden?"

„gewiss, aber ich muss erst in der Klinik kündigen, Prof ... Wie soll ich Sie anreden?"

„Edmond", er lächelte leicht. „Wenn Sie einverstanden sind, bitte ich darum, dass Sie sofort kündigen. Möchten Sie jemanden zur Hochzeit einladen? Familie? Freunde?"

„Ich habe nur eine Tante, aber ich glaube nicht, dass sie zur Hochzeit kommen würde. Einige meiner Freundinnen aus dem Krankenhaus wären sicherlich gerne dabei."

Er lehnte sich zurück. „Was die Hochzeit betrifft ..."

Er hatte an alles gedacht: an ihre Kündigung in der Klinik und bei der Wirtin, die Arrangements für die Reise nach Frankreich, sogar an ein Körbchen, damit Kater Felix bequem reisen konnte. Sie würden keine Flitterwochen machen, erklärte er, und das wunderte Julia nicht, schließlich war so etwas für ein verliebtes Paar gedacht.

„Und morgen kaufen wir die Eheringe", endete er.

Bald darauf fuhr Edmond sie zu ihrer Wohnung. Fast ein bisschen ungeduldig, wie Julia fand, hatte er sich von ihr verabschiedet und war verschwunden. Wahrscheinlich findet er meine Gesellschaft langweilig, dachte sie. Aber warum will er mich dann überhaupt heiraten?

Der Vormittag war fast vorbei, und auf der Station hatte Julia alle Hände voll zu tun, als Edmond zusammen mit Professor van Kampen auf die Station kam. Während sie auf die beiden Männer zuging, überlegte sie, welche Patientin sie wohl sehen wollten.

Nachdem sie sich begrüßt hatten, sagte Professor van Kampen jovial: „Es freut mich sehr, dass Sie heiraten werden, Schwester! Und ich möchte Sie darum bitten, bei ihrer Hochzeit die Stelle des Brautvaters einnehmen zu dürfen."

„Oh, dass wollen Sie wirklich tun? Ich hatte mich schon gefragt ... Ich habe nämlich keine Angehörigen."

Er strahlte Julia an. „Edmond wird mich benachrichtigen, wenn Sie den Termin gewählt haben. Und nun muss ich gehen, ich habe noch zu tun."

Sie blieb mit Edmond zurück, der außer der Begründung noch kein Wort gesprochen hatte. Auf Julias Blick schlug er vor: „Dies ist ein recht öffentlicher Ort. Vielleicht gehen wir auf einen Augenblick ins Büro."

Er folgte ihr ins Büro, lehnte den angebotenen Stuhl ab und begann sogleich: „Ich werde um zwölf Uhr, zur Mittagspause, vor dem Krankenhaus sein. Wir könnten rasch die Ringe besorgen und auf dem Rückweg eine kleine Mahlzeit einnehmen."

„Ich werde aber Schwesternkleidung tragen. Ich habe nur eine Stunde Zeit."

„Ziehen Sie einen Mantel über. Ich sorge dafür, dass Sie pünktlich wieder auf der Station sind." Dann zog er eine kleine Schachtel aus der Tasche. „Er gehörte meiner Mutter. Sie hatte schmale Finger, wie du. Ich hoffe, er wird passen." Mit diesen Worten öffnete er das Samtkästchen, nahm einen großen, in Diamanten gefassten

Saphirring heraus und steckte ihn auf Julias Finger. Er passte! Julia hielt das für ein gutes Vorzeichen.

Wie gern hätte sie die Arme um seinen Hals gelegt und ihm einen Kuss gegeben! Stattdessen sagte sie nur: „Er ist wunderschön. Ich werde gut auf ihn Acht geben."

Edmond nickte flüchtig. „Du wirst wieder an die Arbeit wollen. Wir treffen uns um zwölf." Er war gegangen, bevor sie darauf antworten konnte.

Julia fühlte sich nicht wohl in ihrem braunen Wintermantel, der zu den schwarzen Schuhen und Strümpfen gar nicht passte. Keine ihrer Bekannten, das wusste sie, während sie die Stufen zum Haupteingang hinuntereilte, wäre in solch einer lächerlichen Aufmachung ausgegangen. Andererseits fand Edmond ohnehin, sie zöge sich wenig ansprechend an. Er würde ihren Aufzug gar nicht bemerken.

Zumindest verlor er kein Wort darüber! Er ließ sie einsteigen und fuhr zu einem imposanten Juweliergeschäft. Dort wurden sie offenbar erwartet, denn sie wurden augenblicklich von einem älteren Herrn bedient, der eine Vielzahl von Ringen vor ihnen auslegte.

„Bitte, treffe die Wahl, Julia." Edmond hatte nur einmal flüchtig auf die Ringe gesehen und sich dann abgewandt.

Für einen Augenblick machte es sie zornig, wie offensichtlich desinteressiert er war, doch gleich darauf hatte sie sich wieder unter Kontrolle. Warum sollte er sich dafür interessieren? Die Ringe waren nur ein notwendiger Teil beim Heiraten.

Julia entschied sich für einen schlichten, schmalen Goldreif. Der Verkäufer suchte die entsprechenden Größen heraus und verpackte sie.

Der Einkauf hatte nicht lange gedauert, Julia hatte noch eine halbe Stunde Zeit, bis ihr Dienst wiederbegann. Als der Professor nun zum Krankenhaus zurückfuhr, dachte sie: Er hat es sich wohl anders überlegt. Kurz darauf jedoch hielt er an und führte sie ins „La Mirabelle", wo sie bereits erwartet wurden.

„Ich habe schon bestellt, weil wir nur wenig Zeit haben. Ich halte mich nie lange beim Essen auf. Wenn man allein lebt, nimmt man schnell schlechte Gewohnheiten an."

Julia beschloss, dass er solche Gewohnheiten wieder ablegen würde, und wenn sie ein Leben lang daran arbeiten müsste! Sie bemühte sich, beim Essen wenig zu sprechen, und dabei hätte sie doch so gerne und über so vieles geredet!

Zu ihrer Überraschung fragte er in diesem Augenblick: „An welchem Tag möchtest du heiraten?" Er lehnte sich zurück. „Ich habe mit dem Personalbüro gesprochen. Du kannst in fünf Tagen deinen Dienst beenden. Würde dir jeder beliebige Tag danach recht sein?"

„Das wäre ..." Seltsam erregt zählte Julia die Tage. Wie nahe der Zeitpunkt gekommen war! „Dienstag? Dann hätte ich Zeit, meine Sachen zu packen. Bleibst du in Rostock?"

Er schüttelte den Kopf. „Ich fahre heute Abend zurück. Ich habe Patienten, nach denen ich sehen muss." Er blickte auf die Uhr. „Wir sollten gehen."

Edmond verabschiedete sich ohne viele Worte. Wenn uns jemand beobachtet, dachte Julia, würde er niemals glauben, dass wir in einer Woche heiraten. Ihre Augen füllten sich mit Tränen. Sie wusste nichts von ihm: wo er wohnte, was er tat, ob er Freunde hier hatte.

Nur eines wusste sie: dass sie ihn sehr liebte, dass sie alles ertragen konnte.

5. KAPITEL

Fünf Tage sind eine Ewigkeit, stellte Julia fest, vor allem, wenn man nicht weiß, was danach passieren wird. Professor de Beychevelle wollte sich am Sonntag mit ihr treffen, wo und wann, hatte er allerdings nicht erwähnt.

Schließlich war es soweit. Beladen mit Geschenken von ihren Kolleginnen, verließ Julia am frühen Nachmittag das Krankenhaus. Oberschwester Lydia, gut gelaunt und großzügig nach ihrem Urlaub, hatte gemeint, sie solle schon vor sechs Uhr gehen.

Die Oberschwester war überrascht gewesen, dass ihre Stellvertreterin sich verlobt hatte, aber sie hatte sich für Julia gefreut. In ihrer ruhigen Art kam Julia mit allen gut aus, man würde sie vermissen. Ich werde mein Leben in der Ostseeklinik auch vermissen, dachte sie, als sie das Eingangstor des Krankenhauses hinter sich ließ. Der Gedanke an ein Leben in einem anderen Land schreckte sie nicht, Sie würde leben, wo immer Edmond lebte, und sich nicht beklagen!

Julia fütterte Felix und bewunderte dann alle ihre Geschenke, die sie auf der Couch ausgebreitet hatte. Anschließend ging sie zum Schrank und betrachtete ihre neuen Kleidungsstücke, die sie bei einem Einkaufsbummel mit Edmond erstanden hatte.

Das Kleid, das sie zur Hochzeit tragen wollte, war ein schlichtes, feines Wollkleid in einem warmen Bernsteinton. Dazu hatte sie einen kleinen Samthut gekauft, passende Schuhe und Handschuhe und eine Handtasche. Damit muss auch der Professor einverstanden sein, dachte sie.

Julia goss Kaffee auf. Das Wetter war unfreundlich geworden. Sie hatte die Vorhänge zugezogen und den „Reiseführer durch Südwestfrankreich" hervorgeholt. Als es an der Tür klopfte, wusste sie sofort, dass das nur Edmond sein konnte.

„Tritt ein!" rief sie. Sie blieb sitzen. „Hallo, Edmond! Möchtest du eine Tasse Kaffee. Ich habe gerade welchen aufgebrüht."

„Ja, gern." Er legte seinen Mantel ab und setzte sich in den abgewetzten Gobelinsessel neben dem Feuer.

„Bist du gerade angekommen?"

„Ja. In der Klinik sagte man mir, dass du wohl schon zu Hause sein würdest." Er betrachtete die Geschenke, die auf der Couch lagen. Fragend blickte er Julia an.

„Hochzeitsgeschenke", erklärte Julia fröhlich. „Ich habe noch nie so viel auf einmal geschenkt bekommen."

„Wie nett." Damit ging er zu einem anderen Thema über. „Bist du bereit für Dienstag?"

Julia bejahte seine Frage und machte sich daran, denn Kaffee einzuschenken. Edmond sah so müde, ernst und abwesend aus, dass Julia nicht eine der freundlichen Bemerkungen machen mochte, die sie auf dem Herzen hatte. So stellte sie nur eine Tasse Kaffee auf den Schemel neben seinem Sessel.

Nachdem er ausgetrunken und sie ihm noch eine Tasse nachgeschenkt hatte, fragte sie mit sanfter Stimme: „Willst du mich immer noch heiraten Edmond? Manchmal hat man eine Idee und merkt dann, dass man sie nicht verwirklichen kann."

„Ich will dich immer noch heiraten, Julia." Edmond hatte sich zurückgelehnt und streichelte Felix, der sich auf seinen Knien niedergelassen hatte. „Ich dachte, wir könnten zum Abendessen ausgehen."

„Das wäre sehr schön."

„Und morgen? Vormittags muss ich in der Klinik sein, aber wir könnten am Nachmittag etwas zusammen unternehmen. Hast du deine Einkäufe alle erledigt?"

„Ja, ich muss nur noch packen."

Edmond nickte beiläufig. „In Haus Beychevelle ist man hocherfreut. Wir werden Dienstag die Heimreise antreten." Zu ihrer Überraschung fragte er plötzlich: „Welche Farbe hat dein Kleid?"

„Das ich zur Trauung anziehen will? Bernstein, würde man wohl sagen. Es ist ein schlichtes Kleid. Sehr hübsch, finde ich, aber nichts Aufsehen erregendes."

„Willst du das nicht? Ich dachte, Frauen, insbesondere junge Frauen erregen gern Aufsehen."

„Nicht, wenn sie so nichts sagend aussehen wie ich."

„Du hast eine recht gute Figur!" Sie waren beide über diese Bemerkung überrascht.

Schließlich schlug Edmond vor, dass sie aufbrechen sollten.

Für das Restaurant des Hotels Neptun war Julia mit ihrem grünen Wollkleid dieses Mal durchaus richtig angezogen. Der Saphir an ihrem Finger zeigte, dass sie einen gewissen Anspruch auf ihren Begleiter hatte. Zu Unrecht, schienen die Blicke einiger Frauen zu sagen, die in ihrer Nähe saßen - aber das störte Julia nicht. Außerdem war sie hungrig. Champagner, den sie zum Essen tranken, hatte sie noch nicht oft gekostet, und sie war sich nicht sicher, ob sie ihn überhaupt mochte.

„Doch, an diesem Getränk kann man sich gewöhnen", meinte sie nach dem zweiten Glas.

Und was sie nicht bedacht oder beabsichtigt hatte - mit dieser Bemerkung brachte sie Edmond zum Lachen.

Am folgenden Morgen packte Julia und verstaute all ihre kleinen Schätze sorgfältig in einem stabilen Karton.

Als Edmond kam, um sie abzuholen, war sie schon fertig. Sie hatte sich tadellos zurechtgemacht und eines der neuen Kleider angezogen.

„Du siehst hübsch aus", meinte Edmond. „Ist das ein neues Kleid?"

Kein glühendes Kompliment, aber immerhin etwas! Julia fand, das allein sei das viele Geld wert, das sie ausgegeben hatte.

Sie fuhren wieder ins Neptun.

„Es ist wirklich angenehm hier", stellte Julia fest.

Edmond stimmte zu. „Ich steige immer hier ab, wenn ich an die Ostsee komme."

„Was ist eigentlich deine Aufgabe?" fragte Julia vorsichtig. „Entschuldige, wenn ich nachfrage."

Edmond blickte sie nachdenklich an. „Deine Bemerkungen setzen mich so oft ins Unrecht, Julia. Warum?" Bevor sie antworten konnte, sprach er weiter: „Ich habe mich auf Herzkrankheiten spezialisiert."

„Und du hältst Vorträge?"

„Ja."

„Natürlich behandelst du auch. Musst du viel reisen?"

„Eine Menge Fragen, Julia!"

„gewiss. Aber wenn ich jetzt frage, brauchst du sie später nicht zu beantworten."

„In der Tat. Hoffentlich willst du mich nicht auf meinen Reisen begleiten. Ich bin es gewöhnt allein zu sein."

Julia war voller Mitleid für ihn, aber ihre Antwort war nur ein un-befangenes „Natürlich nicht! Ich weiß, welche Rolle ich zu spie-len habe." Seinem argwöhnischen Blick begegnete sie freundlich und offen.

Julia hatte nicht gefragt, was sie mit dem Rest des Nachmittags anfangen wollten. Sie nahm an, dass Edmond sie in ihre Wohnung zurückbringen würde. Offenbar aber hatte er etwas Anderes vor, denn nach dem Essen ließ er das Auto am Hotel stehen und rief ein Taxi. Es kostete Julia Überwindung, nicht zu fragen, wohin sie fahren wollten.

Im Taxi sagte er schließlich: „Ich habe ein Hochzeitsgeschenk für dich, aber ich möchte, dass du es dir erst ansiehst. Vielleicht gefällt es dir nicht.

Ich wäre eine dumme Gans, wenn mir das nicht gefiele, dachte Julia kurz darauf, als sie vor dem großen Spiegel in einer exklusi-ven Pelzboutique stand. Ein Nerzmantel! Und er passte perfekt.

Julia dankte Edmond mit ruhigem Ernst. Sie begriff, dass jedermann es für unmöglich gehalten hätte, wenn Edmonds Frau in etwas Geringerem als einem Nerzmantel in Haus Beychevelle eingezogen wäre.

Plötzlich wurde ihr klar, dass sie Baronin sein würde, so unglaublich ihr das auch vorkam! Nach einem Augenblick sagte sie sich, es ist ganz egal, Hauptsache ist, dass wir uns lieben! Sie tat das schon. Nun musste sie nur noch erreichen, dass Edmond sich in sie verliebte. Julia wusste zwar nicht, wie sie das erreichen sollte, aber dass sie es erreichen würde, davon war sie überzeugt!

Als sie das Pelzgeschäft verließen, machte Edmond einen weiteren Vorschlag: „Ich hoffe, du bist einverstanden, wenn wir heute Abend ein kleines Abendessen für deine Freunde, Vincent van Kampen und meinen Brautführer geben - in meinen Zimmern im Hotel. Wir müssen morgen unmittelbar nach der Trauung abreisen und können keinen Empfang geben."

„Das ist ein netter Gedanke", sagte Julia etwas unsicher.

„Es ist Abendgarderobe vorgesehen. Besitzt du ein Abendkleid?"

„Ich weiß nicht ..., ich ..."

Bevor sie noch Einwände hervorbringen konnte, waren sie schon bei einem eleganten Geschäft für Abendkleidung angekommen. Edmond geleitete Julia in das Geschäft, wo man sich sofort um sie kümmerte.

Nachdem er seine Wünsche geäußert und betont hatte, er wünsche französische Schnitte, zog er sich in einen bequemen Sessel zurück und überließ Julia der Verkäuferin. Diese führte einige überwältigende Abendroben vor, so dass Julia vor Aufregung ganz durcheinander war. Schließlich entschied sie sich für ein blaues Seidenkleid mit weiten, langen Ärmeln und einem tiefen, gewagten Ausschnitt. Als die Verkäuferin ihr ein Paar passende Sandaletten anbot, nahm sie die auch noch.

Was das Abendkleid gekostet hatte, war Julia nicht klargeworden. Die Verkäuferin hatte nur Andeutungen gemacht. Edmond hatte jedoch unbewegt die Rechnung beglichen.

Edmond musste noch einmal ins Krankenhaus zurück. Er brachte Julia in ihre Wohnung. Um halb acht wollte er sie abholen. So hatte sie Zeit, ihrem Kater alles zu berichten und sich zurechtzumachen. Schon eine gute halbe Stunde vor dem verabredeten Termin war sie fertig. Sie gefiel sich sehr gut und wünschte, dass sie auch ihm gefallen würde.

„Sehr nett", war jedoch nur sein enttäuschender Kommentar, als er sie abholte.

Ihr Herz schlug wild, als Edmond ihr in den Pelzmantel half und seine kühlen Hände dabei ihre Schultern berührten.

Der Abend war ein Erfolg. Edmonds Freund, dessen Namen Julia in ihrer Aufregung nicht behalten hatte - er war mit einer Holländerin verheiratet, und sie hatten gerade ein Baby bekommen, daran erinnerte sie sich -, hatte Annemarie, Sylvie und Pia abgeholt. Professor van Kampen und seine Gattin trafen ein paar Minuten nach Ihnen ein. Sie sind alle sehr elegant, fand Julia, während sie Champagner trank. Ihre Freundinnen fühlten sich wohl. Und Edmond schien sich mit ihnen besser zu unterhalten als mit ihr.

Es ist schon seltsam, dachte Julia, vom Champagner leicht benebelt, dass Edmond mich heiraten will, wenn er mich nicht unterhaltsam findet. Allerdings würden meine Freundinnen ihm kein so zurückgezogenes, arbeitsames Leben ermöglichen, wie er es offenbar gern führt.

Julias trübe Stimmung hielt nicht lange an. Man bewunderte den Ring und den Mantel, und die Freundinnen freuten sich anscheinend ehrlich über Julias Glück. In heiterer Gelassenheit wurde das Dinner eingenommen.

Es war lange nach Mitternacht, als die Gesellschaft aufbrach, und alle scherzten, dass man sich morgen in der Kirche wiedersehen werde.

Edmond fuhr Julia in die Güstrower Straße. Abrupt brach sie ihr Geplauder ab, als er sagte:

„Du bist heute sehr redselig. Das muss der Champagner sein." Das klang nicht unfreundlich, eher ein wenig gelangweilt.

„Ja, vermutlich", antwortete Julia und verfiel in Schweigen, bis sie das Haus erreicht hatten.

Edmond geleitete seine zukünftige Frau zur Tür, nahm ihr der Schlüssel aus der Hand und schloss auf. Der Gegensatz zu dem mondänen, geräumigen Hotel, in dem er lebte, war niederschmetternd. Er sagte nichts dazu, gab ihr nur den Schlüssel zurück, bat sie am nächsten Morgen bereit zu sein, wenn er sie abholen käme, und wünschte ihr eine gute Nacht.

„Gute Nacht, Edmond", erwiderte Julia rasch. Er schien es eilig zu haben. „Es war ein wunderschöner Abend. Ich danke dir, Schatz." Seine Antwort unverständlich, und sie setzte hinzu. „Ich bin fertig, wenn du kommst."

Julia fiel in einen traumlosen Schlaf. Viel zu früh wachte sie auf und war fertig, als Edmond kam, um sie abzuholen. Felix und das Gepäck sollten nach der Trauung abgeholt werden. Julia warf noch einen Blick zurück in das Zimmer und folgte dann Edmond die Treppe hinunter.

Die Fahrt zur Kirche dauerte nicht lange. Sie sprachen kaum. Vor der Kirchentür reichte Professor van Kampen ihr seinen Arm, und Edmond gab ihr einen Strauß wunderschöner gelber Rosen. Er nickte ihr kurz zu. Einen Moment lang griff die Panik nach Julia. Mit Augen voller Zweifel sah sie zu ihm auf. Er verstand sie wohl, denn plötzlich lächelte er ihr zu. Sie fasste sich. Wenn er so lächeln kann, dann wird er es wieder tun! Mit festem Schritt ging sie an Professor van Kampens Arm auf den Altar zu, wo Edmond auf sie wartete.

Julia konnte sich später kaum an die Zeremonie erinnern. Edmonds Freund hatte ihr ein aufmunterndes Lächeln geschenkt, als sie die beiden erreicht hatte. Während der gesamten Feier sah er beinahe finster vor sich hin, und nur als er ihr den Ring an den Finger steckte, lächelte er ein wenig.

Auch Julia wollte lächeln, aber sie tat es nicht. Ich darf nicht rührselig werden, mahnte sie sich. Edmond hält nichts von Gefühlen. Auch das muss ich ändern!

Man verabschiedete sich an der Kirche. Julia setzte sich ins Auto zu ihrem Mann und fühlte sich nicht im Geringsten mit ihm verheiratet, aber entschlossen, sein Leben grundlegend zu verändern.

Pia steckte den Kopf durch das Seitenfenster. „Denk mal, jetzt bist du Baronin!"

„Du meine Güte, das habe ich ganz vergessen!" Julia sah dabei so unglücklich aus, dass Pia in Lachen ausbrach.

Edmond de Beychevelle fuhr direkt in Julias Wohnung. Das Gepäck wurde im Kofferraum verstaut, Felix nahm in seinem Reisekörbchen auf dem Rücksitz Platz. Julia verabschiedete sich eilig von ihrer Wirtin, dann saß sie auch schon wieder neben Edmond im Auto.

Auch an die Reise konnte Julia sich später kaum noch erinnern. Edmond gab sich große Mühe, liebenswürdig zu sein, und Julia war so bemüht, nicht ins Plaudern zu kommen. Sie antwortete, wenn es erforderlich war, kam aber mit keinem Wort auf die Ereignisse des Vormittags zu sprechen.

Schließlich fragte Edmond, wie sie ihre Hochzeit gefunden habe. Es klang, als wolle er wissen, ob es ihr geschmeckt hatte.

„Es war sehr schön." Eine farblose Bemerkung! Julia fiel nichts Besseres ein. Dann aber fragte sie nach dem Namen seines Freundes und erfuhr, dass er Charles de Beaucour hieß und vor kurzem eine Holländerin geheiratet hatte.

„Du musst sie kennen lernen", schlug Edmond vor. „Eine sympathische Frau. Sie haben gerade eine Tochter bekommen."

Mehr war darüber offensichtlich nicht zu sagen. Julia saß schweigsam zurückgelehnt und überlegte, ob Eduard und die anderen Hausangestellten sich wohl freuten, sie wieder zu sehen. Edmond hatte gesagt, dass man sie vermisste, aber nun kam sie als Hausherrin zurück, und das war etwas ganz Anderes!

Julias Sorge war unbegründet! Sie wurde überaus herzlich begrüßt. Eduard führte sie in den Salon, wo auf einem Tischchen eine sechsstöckige Hochzeitstorte stand.

Julia lachte entzückt auf. „Wie nett von dir, Edmond ..." Sie blickte ihn an und sah, dass er ebenso überrascht war wie sie! Eduard hatte die Idee gehabt! Jetzt stand er mit Laure und Madame Bouvier in der Tür und erwartete offensichtlich ein Lob.

Julia wandte sich zu ihnen. „Was für eine wundervolle Überraschung! Es ist eine wunderschöne Torte. Vielen Dank ihnen allen." Sie nahm ihren ganzen Mut zusammen und fuhr fort: „Wir werden ihn jetzt anschneiden, und wir essen alle ein Stück davon und trinken einen Schluck Champagner. Den Champagner wollen wir ohnehin trinken, nicht wahr, Edmond?"

Lächelnd aber mit fliehenden Augen wandte sich Julia ihm zu. Hoffentlich war er bereit, den glücklichen Bräutigam zu spielen! Es ist doch nur heute, dachte sie. Jeden anderen Abend kann er in seinem Zimmer bei seinen Büchern verbringen!

Hoffentlich registrierte niemand den spöttischen Blick, den Edmond ihr zuwarf. Aber er stimmte zu. „Natürlich trinken wir

Champagner. Eduard holen Sie bitte Flaschen und Gläser. Und Ihnen allen meinen Dank für diese großartige Torte!"

Es wurde geklatscht, und dann setzte fröhliches Geplauder ein, bis der Champagner gebracht war und die Torte angeschnitten werden sollte.

Eduard hatte Julia das Messer gereicht. Einen Augenblick lang standen sie und Edmond allein am Tisch.

„Ich glaube, man erwartet von uns, dass wir beide das Messer halten, Edmond."

Seine Hand fühlte sich kühl und sehr unpersönlich an. Diese kleine Zeremonie missfiel ihm zutiefst, Julia wusste das nur zu gut. Wahrscheinlich erinnerte sie ihn an seine erste Heirat. Damals war er verliebt gewesen.

Sie aßen Kuchen, tranken Champagner, und anschließend führte Madame Bouvier Julia in ihr Zimmer, damit sie sich für das Abendessen umkleiden konnte.

Diesmal bewohnte Julia ein anderes Zimmer, einen großen Raum an der Vorderfront des Hauses, mit einem breiten Bett, über dem eine Brokatdecke lag. Eine Tür führte zum Badezimmer, von dort in einen Ankleideraum und weiter in ein anderes Badezimmer und noch ein Schlafzimmer.

Madame Bouvier schenkte Julia ihr strahlendes Lächeln, bevor sie sich zurückzog. Julia sah sich gründlich um. Die Einrichtung war exklusiv, aber gleichzeitig gemütlich.

Sie erfrischte sich, ordnete ihr hochgestecktes Haar und ging wieder zu Edmond in den Salon. Dort tranken sie einen Aperitif, bevor man sie zum Dinner bat.

Laure hatte sich mit dem Essen selbst übertroffen. Julia unterhielt angestrengt ein Gespräch über dies und jenes und aß nur wenig. Sie hatte keinen großen Appetit, aber sie wollte Laure nicht damit kränken, dass die liebevoll zubereiteten Speisen unberührt in die Küche zurückkamen. Von dem Wein, den Eduard ihnen einschenkte, trank sie ein bisschen zuviel. Das war gut so, denn es verschaffte ihr eine falsche Fröhlichkeit.

Den Kaffee nahmen sie wieder im Salon ein. Eduard zog sich zurück. Bei seinem wohlmeinenden Lächeln verhärtete sich Edmonds Gesicht so sehr, dass Julia, vom Alkohol beschwingt, in leichtem Ton meinte:

„Jede Minute war eine Qual für dich, nicht wahr? Aber jetzt gehe ich gleich auf mein Zimmer. Vorher möchte ich mich noch für diese schöne Hochzeit bedanken." Mit einem kleinen Lächeln setzte sie hinzu: „Es ist ja nur heute Abend. Du hast mich gebeten, dein Leben nicht zu stören, und daran halte ich mich. Nur heute haben alle erwartet ... Sie dachten ..."

„Ja, natürlich, Julia." Edmond war aufgestanden. Mit liebenswürdigem Lächeln sagte er: „Ich bedaure, dass ich den Hochzeitskuchen vergessen hatte."

Julia wünschte ihm eine gute Nacht und zog sich zurück. Als sie sich für die Nacht umkleidete, dachte sie wieder an dieses Lächeln.

Da war wieder ein Schimmer des wahren Edmonds zu sehen gewesen.

Es war noch fast dunkel, als Julia am nächsten Morgen erwachte. Sie stand auf, zog ihren neuen Morgenrock über und trat auf den Balkon.

Jetzt zeigte der Himmel einen rosigen Streifen am Horizont, Ein schöner, klarer und kalter Novembertag kündigte sich an. Irgendwo bellte Rex. Julia hörte den Schlag von Pferdehufen und Edmond, wie er nach dem Hund pfiff. Das also ist seine Morgenbeschäftigung! Sie war fest entschlossen, reiten zu lernen.

Bald darauf brachte Caroline, eines der Dienstmädchen, den Kaffee und fragte, ob Julia das Frühstück im Bett einnehmen oder nach unten kommen wolle.

Julia hatte nie im Bett gefrühstückt. Sie fand den Gedanken auch nicht besonders reizvoll. Sie nahm ein Bad, zog sich an und ging hinunter.

Es war seltsam: Sie wusste nicht, wo sie frühstücken sollte!

Bei ihrem ersten Besuch war sie nur in der Bibliothek, dem Salon und dem Esszimmer gewesen. Von der Halle führten aber zahlreiche Türen und Gänge ab, wohin, das wusste Julia nicht.

Ihre Sorge war unbegründet: Eduard wartete auf sie, um sie in ein kleines, heimeliges Zimmer zu führen. Ein Feuer brannte im Kamin, und ein Tisch war reichhaltig gedeckt. Von Edmond war nichts zu sehen. Und Julia wollte Eduard nicht nach dem Professor fragen. So hörte sie ihm nur aufmerksam zu, während sie mit Genuss ihr Frühstück verzehrte

„Madame Bouvier wird Ihnen das Haus zeigen, Madame. Und Laure erwartet Sie in der Küche, damit sie sich das Menü ansehen. Wenn Sie Fragen haben, wenden Sie sich bitte an mich. Wir sind ja alle so froh, dass wir Sie hier haben, Madame!"

„Es ist lieb, dass Sie das sagen, Eduard. Ich bin auch froh. Wenn ich mich eingelebt habe, müssen wir wieder gemeinsam singen. Ich finde immer noch, wir sollten etwas für Weihnachten vorbereiten, meinen Sie nicht auch? Ach, und Eduard? Ich brauche Ihre Hilfe. Gibt es jemanden, der mir das Reiten beibringen könnte? Ich möchte den Professor überraschen."

Sein freundliches Gesicht leuchtete auf. „Großartiger Einfall! Der Professor reitet sehr gut. Im Stall steht auch ein Pony, es wird nie gebraucht. Laurent weiß da Bescheid. Ich gehe und hole ihn."

„Danke, Eduard. Es muss aber ein Geheimnis bleiben!" Julia trank ihren Kaffee und erhob sich. „Ich nehme Felix mit, wenn Madame Bouvier mir das Haus zeigt, dann weiß er, dass er hier wohnt."

Fast zwei Stunden vergingen, ehe Julia das ganze Haus gesehen hatte. Ihr war nicht klar gewesen, wie groß es war. Es gab eine

Menge schmaler Flure, die in irgendwelche Zimmerchen führten. Wendeltreppen, die die Stockwerke miteinander verbanden. Julia hätte sich bestimmt verlaufen! Madame Bouvier führte sie und wartete geduldig, während Julia sich alles anschaute, und sie erklärte, wozu alles gedacht war. Alle Zimmer waren exquisit möbliert und gut gepflegt, aber offenbar nie benutzt. Julia träumte mit offenen Augen von einem Haus voll fröhlich plaudernden Gästen, die abends im Salon tanzten und morgens gemeinsam ausritten.

Dann ging es an die Besichtigung des prachtvollen Erdgeschosses. Madame Bouvier zeigte ihr einen zweiten Salon. Ein zauberhafter Raum, aber benutzt wurde er nicht, da war Julia sich sicher. Nun, sie würde ihn benutzen!

Hoffentlich weiß ich noch, wo was ist, wenn ich es mal brauchte, sinnierte Julia. Im ersten Stock war das einfacher: Ihre Zimmerflucht nahm den größten Teil der Vorderfront ein.

Eduard führte sie zurück in den kleinen Salon, in dem sie von nun an ihre freie Zeit verbringen wollte. Julia trank Kaffee und überdachte, was sie alles gesehen hatte. Das gehört jetzt mir, genauso wie Edmond! Und er erwartet, dass ich mich dafür verantwortlich fühle.

„Wenig später wurde Laurent vorgelassen. Er willigte mit Vergnügen ein, Julia zu unterrichten. Auch er hielt das Pony für das richtige Reittier, denn die Baronin sei klein und leicht. Man beschloss, dass der Unterricht am nächsten Vormittag beginnen sollte.

Das Mittagessen nahm Julia wider Erwarten allein ein, weil der Professor nicht nach Hause kam. Den Nachmittag verbrachte sie in der Bibliothek mit ihrem Sprachstudium. Sie wollte bald Unterricht nehmen, um die Sprache so schnell wie möglich zu erlernen. Nachdem sie wiederum allein Tee getrunken hatte, ging Julia auf ihr Zimmer und zog sich zum Dinner um. Sie trug das Kleid, das sie zur Trauung getragen hatte, und setzte sich mit einem Buch in einen Sessel, so dass es aussah, als säße sie schon seit einer Ewigkeit dort und wartete auf ihren Liebsten.

Edmond kam kurz vor dem Abendessen zurück. Julia wünschte ihm einen guten Abend und hoffte, dass er einen angenehmen Tag verbracht habe. Über ihre eignen Erlebnisse verlor sie kein Wort, sondern vertiefte sich wieder in ihr Buch. Er hatte betont, dass sie seine Lebensgewohnheiten nicht stören sollte, und daran wollte sie sich halten. Sie nahm gern einen Aperitif an und entschuldigte ihn selbstverständlich, als er erklärte, er habe vor dem Essen noch zu tun.

Beim Dinner trafen sie sich wieder, aßen ohne Eile und unterhielten sich über dies und jenes. Als sie aufstanden, um im Salon den Kaffee zu nehmen, meinte Julia:

„Bitte, komm nicht meinetwegen mit in den Salon, Edmond. Ich werde Eduard sagen, er soll den Kaffee in dein Arbeitszimmer bringen."

Er folgte ihr in den Salon. „Ich trinke meinen Kaffee, wo ich will, Julia. Du meinst es gewiss gut, aber bitte mische dich nicht ein. Ich gehe heute noch fort", schloss er.

„Ja, Edmond. Trinkst du den Kaffee schwarz?" Mit ruhiger Hand schenkte sie den Kaffee ein und sprach sich selber Mut zu.

6. KAPITEL

Die Tage verstrichen, bald war eine Woche vergangen. Julia wachte frühzeitig auf. Sie lehnte sich in ihre Kissen und dachte über ihre Fortschritte nach. Viel ist es ja nicht, gestand sie sich ein, aber immerhin: Bei den Reitstunden war sie erfolgreich.

Jeden Morgen hatte sie sich unter Laurents prüfendem Blick größte Mühe gegeben. Ihr Lehrer half ihr und unterstützte sie, tadelte gelegentlich auch in höchst respektvollem Ton. Eduard übersetzte getreulich jedes Wort. Im Haus fand sie sich jetzt auch zurecht, nachdem sie ein paar Mal allein und mit Madame Bouvier alles besichtigt hatte.

Auch mit der französischen Sprache kam sie voran. Sie konnte sich zwar noch nicht flüssig unterhalten, aber ein paar nützliche Wörter hatte sie schon gelernt. Außerdem war sie mit Eduard nach Carcassonne gefahren, hatte Wolle gekauft und begonnen, einen Pullover als Weihnachtsgeschenk für Edmond zu stricken. Vermutlich würde er ihn niemals tragen, aber es machte ihr Spaß zu stricken.

Julia Blick fiel auf ihren getreuen Kater Felix. Er hatte seinen Morgenspaziergang beendet, saß jetzt in der offenen Balkontür und wusch sein Gesicht. Er ist glücklich, dachte sie. Er kann im ganzen Haus herumstromern und braucht draußen keine Angst vor Autos zu haben.

Julia genoss die Umgebung genauso wie ihr Kater. Jenseits der Natursteinmauern, die den Garten des Hauses umschloss, lagen feuchte Wiesen und stille Wege. Julia war in dieser Woche schon oft da herumspaziert, hatte die Gegend erkundet und war bis ins Dorf gegangen. Zu ihrer Überraschung hatten die Einwohner sie dort begrüßt! dass man sie als Baronin anredete, fand Julia immer noch merkwürdig. Sie hatte sich große Mühe gegeben, in einem halbwegs ordentlichen Französisch auf die Grüße zu antworten. Aber auch mit Lächeln und Nicken ließ sich eine erste Beziehung anbahnen.

Mit Edmond hatte sie allerdings keine Fortschritte gemacht. Er war höflich, reserviert und lebte sein Leben, als wäre sie nicht da. Gewiss, das eine oder andere Mal hatte er sich mit ihr über eine interessante Einzelheit aus seiner Arbeit gesprochen und nebenbei gefragt, ob sie schon im Dorf gewesen sei. Dann hatte er ihr mitgeteilt, dass ihre Heirat in den Zeitungen angezeigt worden sei, und dass deshalb Besucher und Einladungen zu erwarten seien. Er schlug vor, dass sie nach Carcassonne oder Toulouse fahren sollte, um sich Kleidung zu kaufen. Am folgenden Tag hatte eine Sekretärin ihr ein Scheckbuch überreicht mit einer Nachricht darin, auf der Edmond geschrieben hatte, einmal im Vierteljahr werde er auf ihr Konto einen stattlichen Betrag überweisen lassen. Bei dem Betrag, den er nannte, wurde es Julia schwindelig.

Es ist ja noch nicht viel Zeit vergangen, munterte Julia sich auf. Er wird überrascht - und hoffentlich erfreut - sein, dass ich reiten gelernt habe. Auf gar keinen Fall wollte sie, dass er sich ihretwegen in irgendeiner Situation schämen müsste. Sie würde sein Haus führen, seine Gäste bewirten und sich seinen Lebensgewohnheiten anpassen. Das war sie ihm schuldig, ganz gleich, wie ungeduldig und ärgerlich er gelegentlich auch sein mochte!

Julia trank ihren Morgenkaffee und ging anschließend zum Frühstück hinunter. In der Tür blieb sie überrascht stehen. Edmond saß am Tisch, eine Tasse in der einen, einen Brief in der anderen Hand. Als er sie sah, zog er einen Stuhl für sie heran.

„Bitte nimm Platz! Ich habe gestern vergessen, dir zu sagen, dass ich mir heute einen Tag frei genommen habe. Ich dachte, wir könnten nach Toulouse fahren, so dass du dort einkaufen kannst. Es wird dir gefallen."

Natürlich war sie einverstanden. Einen ganzen Tag lang mit Edmond zusammen, das war der Himmel auf Erden, selbst wenn er kein einziges Wort mehr sagen würde! In diesem Punkt allerdings wurde sie enttäuscht. Im Auto teilte er ihr mit, dass er im städtischen Krankenhaus in Toulouse einen Besuch zu machen habe. Er würde sie zu einem eleganten Damenbekleidungsge-schäft bringen und sie dort wieder abholen.

„Solange brauchst du sicherlich für deine Besorgungen. Du soll-test dir auch eine Schaffeljacke und gefütterte Stiefel kaufen. Es kann im Winter auch hier recht kalt werden."

Edmond stellte ihr eine großzügige Summe Geld zur Verfügung, aber Julia konnte nicht einschätzen, wie teuer gute Kleidung in Frankreich war. Wahrscheinlich brauchte sie verschieden Kleider, Röcke, Blusen und Abendkleider.

„Du bist so still!" stellte Edmond fest.

„Ich überlege gerade, was ich kaufen muss. Sind zwei Abendklei-der genug?"

„Ganz sicher nicht. Demnächst wird vom Krankenhaus in Carcas-sonne ein Ball gegeben, etwas später einer in Narbonne, und es stehen eine Reihe von privaten Einladungen bevor. Zu Weihnach-ten lade ich Gäste zu uns ein. Vorher werden wir aber einen Emp-fang geben, so dass du meine Freunde kennen lernst."

Julia war verwirrt. „Aber du hast doch gesagt, du führst ein ruhi-ges Leben. Du gibst diese Einladungen nur meinetwegen?"

„Ja, das stimmt."

Sie fuhren durch die Landschaft. Julia hätte viel zu betrachten gehabt, aber sie war zu beschäftigt mit ihren Gedanken. „Bitte versteh mich recht: Du müsstest etwas tun, was du nicht magst. Meinetwegen brauchst du es wirklich nicht zu tun. Ich fühle mich auch so sehr wohl, und die vielen fremden Leute machen mich unsicher."

„Wenn du sie erst kennen gelernt hast, werden sie nicht mehr fremd sein."

Angesichts dieser Logik wäre Julia am liebsten wütend geworden. Edmond fuhr fort: „Um auf unser Gespräch zurückzukommen: Ich schlage vor, du kaufst einige Kleider ähnlich dem, das du bei unserer Trauung getragen hast." Er warf ihr einen schnellen Blick zu. „Das Kostüm ist hübsch. Kauf doch auch noch etwas in dieser Art. Und natürlich auch ein paar legere Sachen."

„Soll ich meine Frisur ändern? Ich könnte das Haar färben, und schneiden lassen. Vielleicht einer dieser modischen Kurzhaarschnitte?"

„Lass es, wie es ist. Ich mag es so, wie du es trägst."

Vor Überraschung fragte Julia zögernd: „Wie viel soll ich denn ausgeben? Wird man überhaupt den Scheck annehmen? Die Leute kennen mich doch gar nicht."

„Ich begleite dich. Wegen des Schecks wird man dir nirgendwo Schwierigkeiten machen, Julia. Sagte ich nicht, dass ich mehr als wohlhabend bin?"

„Du sagtest, dass du genug Geld hast, aber das ist etwas Anderes als mehr als wohlhabend."

„Ja, allerdings."

Als sie an Villefranche - de - Lauragaise vorbei auf Toulouse zufuhren, meinte Julia: Es gefällt mir hier. Die Häuser sind sehr schön, aber deines mag ich doch noch lieber."

„Unseres!" verbesserte Edmond lächelnd.

Die Stadt war voller Menschen und Autos in einem Gewirr von kleinen Straßen. Der Professor schlängelte sich bis in den Kern des Stadtzentrums durch, bog ein in die Rue de Metz und hielt kurz darauf vor einem großen Geschäft mit erlesen dekorierten Schaufenstern.

Es war ruhig hier. Die Häuser waren alt, nur wenige Menschen waren unterwegs. Mit Vergnügen dachte Julia an die kommende

Stunde, in der sie sich in diesem würdevollen Gebäude aufhalten und Geld ausgeben würde, ohne auf ihr Budget achten zu müssen.

Der Professor war hier bekannt. Eine ältere Dame mit freundlichem Gesicht lauschte aufmerksam seinen Wünschen, lächelte, nickte und führte Julia mit sich, so dass sie gerade noch „Auf Wiedersehen" sagen konnte.

Die folgenden zwei Stunden waren ein erhebendes Abenteuer. Diskret angeleitet von der älteren Dame, wurde Julia Besitzerin einer herrlichen Schaffeljacke und eines Kostüms aus grobem Wolltuch. Außerdem erwarb sie zwei Kleider und einen fein plissierten Zweiteiler aus Georgette. Dazu kam ein hinreisender Bolero mit passendem Rock, eine Seidenbluse und vier Abendkleider. Es war schwer, sich einzuschränken, besonders, weil die Verkäuferin sie in blendender Laune zum Kauf ermunterte.

Dann brauchte sie natürlich noch die passenden Schuhe, Strümpfe und Handschuhe, einen kleinen Nerzhut und, da sie schon einmal dabei war, Unterwäsche. Sie schlenderte gerade aus dieser Abteilung zurück und begutachtete die Babykleidung in der Kinderabteilung, als Edmond neben sie trat. Sein spöttischer Blick machte sie verlegen.

„Ich bin gerade auf dem Rückweg. Sie schreiben die Rechnung, und ich hatte noch ein paar Minuten Zeit." Sie legte das Batisthemdchen hin, dass sie bewundert hatte. Um abzulenken, redete sie weiter. „Der Laden ist traumhaft. Ich habe furchtbar viel gekauft. War deine Unterredung erfolgreich?"

Edmond gab eine unbestimmte Antwort, sprach kurz mit der Verkäuferin und blickte dann auf die Rechnung. Julia betrachtete sein Gesicht, war jedoch außerstande, seine Gefühle zu erraten. Dabei war die Summe so hoch, dass es ihr fast den Atem nahm.

Die Päckchen und Schachteln wurden im Kofferraum verstaut, Julia fand sich im Auto und wenige Minuten später in einem kleinen, eleganten Restaurant wieder. Sie nippte an ihrem Sherry und studierte die Speisekarte.

Edmond verlor kein Wort über die Rechnung, aber er begann überraschend eine Unterhaltung. Er erzählte von dem Krankenhaus, das er am Vormittag besucht hatte, und von den Patienten, ja sogar von ihren Gesundheitsproblemen, wegen derer man ihn gerufen hatte. Für einige kurze Momente hob sich seine Maske.

Julia hatte immer gut zuhören können - jetzt war sie perfekt! Sie stellte im richtigen Augenblick die richtigen Fragen und gab niemals ihre eigene Ansicht zum Besten. Und sie tat richtig damit, denn plötzlich sagte Edmond:

„Du musst mich entschuldigen! Ich habe mich so daran gewöhnt, allein zu sein, dass ich laut denke. Bestimmt habe ich dich gelangweilt."

„O nein, ganz und gar nicht!" Julia konnte das ganz ehrlich sagen. „Du vergisst, dass ich Krankenschwester war. Aber etwas ist mir nicht ganz klar. Du hast vom Fröhlich-Syndrom gesprochen. Ich verstehe nicht, wieso er nicht medizinisch behandelt werden kann. Wenn das nur eine Frage des Calciums ist ..."

Der Professor setzte seine Kaffeetasse ab. „Das Problem liegt folgendermaßen", und damit begann er eine längere Erläuterung.

Von einem frischgebackenen Ehemann war diese Unterhaltung wenig schmeichelhaft. Julia hätte auch einen Sack und eine falsche Nase tragen können, es wäre ihm nicht aufgefallen.

Aber die Tür hatte sich einen winzigen Spaltbreit aufgetan, und Julia konnte den Fuß hineinsetzen.

Zu Hause angekommen, ging Julia geradewegs auf ihr Zimmer. Ein Dienstmädchen half ihr, all die Schachteln und Päckchen zu tragen. Edmond musste noch einmal wegfahren. Sie hoffte, er würde ihr sage, wohin, aber das geschah nicht. Ohne ein Wort verließ er das Haus. Sie tröstete sich, indem sie jedes einzelne erstandene Stück, anprobierte. Gerade als sie das letzte Abendkleid abstreifte, erinnerte sie sich an ihren schönen Traum: wie sie Edmond auf dem Klavier vorspielte und dabei ein zauberhaftes, rosa Kleid trug. Keines ihrer Kleider war rosa! Ich muss noch einmal nach Toulouse fahren und ein rosa Kleid kaufen, nahm sie sich vor.

Edmond kam an diesem Abend nicht zurück. Als Julia in die Halle trat wurde sie von Eduard erwartet. Der Professor habe soeben angerufen und gesagt, er werde zum Dinner nicht zurück sein. Julia rang um Fassung, sagte aber leichthin:

„Ach ja, er erwähnte, dass er vielleicht fortbleiben müsste. Bitte lassen Sie mein Abendessen in meinem Zimmer servieren. Wollen wir nicht einmal wieder die Weihnachtslieder probieren, wenn Sie alle nachher Zeit und Lust haben?"

Julia war so enttäuscht, dass sie kaum von den Köstlichkeiten kosten mochte, die Eduard ihr kurz darauf brachte. Sei nicht töricht, sagte sie sich, wie kannst du erwarten, dass er auf einmal sein Leben ändert! Aber trotzdem fiel es ihr schwer, heiter zu sein.

Es war eine große Hilfe, dass sie mit den anderen über die Weihnachtslieder beraten konnte. Julia saß am Klavier und spielt verschieden Melodien. Zu ihrer Freude stellte sie fest, dass alle recht gut sangen. Mit Hilfe von Eduard und ihrem Wörterbuch konnte sie einige dazu überreden, die zweite und dritte Stimme zu singen. Das klang noch ein bisschen unrein, aber es war ja auch noch ein paar Wochen hin bis Weihnachten. Wenn Edmond an den meisten Abenden fortblieb, hatten sie viel Zeit zu üben.

Während sie sich später für die Nacht zurechtmachte, dachte sie angestrengt an ihre Garderobe und an die Weihnachtslieder, um sich von Edmond abzulenken. Ohne viel Erfolg! Sie grübelte ständig über ihn nach.

Am folgenden Morgen nach dem Frühstück rief Edmond an. Er teilte Julia mit, er müsse nach Antwerpen fliegen und würde nicht vor Abend des nächsten Tages zurück sein.

„Bitte warte nicht auf mich. Würdest du mit Rex ein bisschen spazieren gehen? Zweimal am Tag ist genug, er ist nicht anspruchsvoll."

Julia gab sich Mühe, damit ihre Stimme ebenso kühl klang wie seine. „Selbstverständlich." Wie gern hätte sie gefragt: „Pass gut auf dich auf" und „Was hast du denn in Antwerpen zu tun?" Aber nichts dergleichen! Fröhlich sagte sie: „Auf Wiedersehen" und legte auf.

Der Tag schleppte sich hin. Nicht einmal die Reitstunde konnte Julias Stimmung heben, obgleich sie gut vorankam. Gemächlich trabte sie über die Felder, begleitet von Rex, der neben dem Pony Schnuppe herlief. Auch am folgenden Abend ritt sie ein bisschen herum.

Das Wetter wurde schlechter. Schwere Wolken jagten über den Himmel. Julia verbrachte den Nachmittag in der Bibliothek, büffelte französische Wörter und strickte an dem Pulli für Edmond. Rex und Felix leisteten ihr Gesellschaft. Da sie den Schein wahren musste, kleidete sie sich zum Abendessen um und saß ganz allein an der Tafel. Anschließend probte sie noch eine Stunde lang die Weihnachtslieder und zog sich dann auf ihr Zimmer zurück. Als

Eduard sie fragte, wann der Professor zurückkommen werde, antwortete sie gelassen:

„Er meinte, es könne spät werden und ich solle nicht auf ihn warten. Bitte sagen Sie ihrer Frau, sie soll eine Thermoskanne mit Kaffee für ihn bereitstellen.

Weit nach Mitternacht kam der Professor zurück. Julia war noch hellwach. Sie hörte Motorengeräusche und sah die Scheinwerferlichter an ihrem Fenster vorbeigleiten. Kurz darauf hörte sie den festen Schritt ihres Mannes, wie er die Treppe heraufkam und an ihrer Tür vorbei in sein Zimmer ging. Erst dann schmiegte sie sich in die Kissen, zog ihren Kater so eng wie möglich an sich heran und schlief ein.

Es regnete, und es war kalt und dunkel, als Julia erwachte. Das spielte keine Rolle, denn Edmond war wieder zu Hause, und vielleicht konnte sie ihn sehen, bevor er wieder fortfuhr. Vielleicht würde er sogar mit ihr frühstücken! Sie zog das neue Kostüm an und ging nach unten.

Edmond war nicht da. Eduard sagte anteilnehmend: „Spät ist er nach Hause gekommen, nicht wahr? Ich habe ihn gehört, wie er ganz leise hineingekommen ist."

„Ja, ich weiß, Eduard. Ich war noch wach."

„Schade, dass er schon so früh wieder wegmusste. Er kommt gar nicht zur Ruhe. Arbeitet viel zu viel!"

„Ja, Eduard, ich weiß es wohl." Sie lächelte ihn an. „Es ist heute bestimmt zu feucht zum Reiten, nicht wahr?"

„Auf jeden Fall, Madame. Sie bleiben besser drin! Madame Bouvier möchte sie auch wegen der Vorhänge etwas fragen."

„Ich gehe nach dem Frühstück zu ihr, und anschließend komme ich in die Küche."

Es war es zehn Uhr, und Julia hatte schon all ihre Pflichten im Haushalt erfüllt. Der Regen hatte fast aufgehört.

„Ich gehe spazieren", informierte sie Eduard. „Ich gehe auch nicht weit, ich will mich nur ein bisschen bewegen."

Julia zog ihren neuen Regenmantel mit der Kapuze über das Kostüm, nahm ihre Handschuhe und trat durch eine Seitentür hinaus.

Es regnete wieder stärker, und der Wind pfiff, aber das passte zu ihrer Stimmung.

Sie ging die Landstraße entlang, die zu einem anderen Dorf führte. Nach weniger als einen Kilometer bemerkte sie eine kleine Gruppe, die sich langsam auf sie zu bewegte. Ein Wagen, von einem Pony gezogen, drum herum eine Zigeunerfamilie. Sie lachten laut und unbeschwert, trotz des schlechten Wetters. Alle waren fröhlich, bis auf einen kleinen Esel, den man hinten an den Wagen angebunden hatte. Er befand sich überhaupt in einer beklagenswerten Verfassung. Es war offensichtlich eine trächtige Eselin. Das Tier war so abgemagert, dass die Rippen durch das schmutzige Fell zu sehen waren. Ein Junge schlug mit einer Peitsche rücksichtslos auf das Tier ein.

„Aufhören!"

Julia befand sich nun auf gleicher Höhe mit der Gruppe. Wütend riss sie dem Jungen die Peitsche aus der Hand und schleuderte sie in den Straßengraben. Sie suchte nach französischen Worten, deutete dann mit der Hand gebietend auf das arme Tier und fragte: „Combien?" Gleich darauf kam ihr ein Einfall. Sie zeigte mit dem Finger auf sich und fügte hinzu: „Baronin de Beychevelle."

Glücklicherweise sagte der Name den Leuten etwas. Der Anführer der Gruppe, ein ungepflegter, älterer Mann, warf ihr einen respektvollen, wenngleich etwas zweifelnden Blick zu. Diesen Zweifel musste Julia zerstreuen. Sie drehte sich um und zeigte auf das Herrenhaus, das hinter den Baumwipfeln zu erkennen war. Während die Zigeuner noch dorthin blickten, ging sie zum Wagen, band die Eselin los und sagte entschieden: „Je vais acheter!" Hoffentlich ist den Leuten klar, was ich mit „wieviel?" und „ich kaufe!" sagen will, dachte Julia, denn ihr fiel kein weiteres Wort mehr ein, das sie in diesem Augenblick hätte sagen können. Doch! „Venez!" befahl sie.

Julia zog sanft am Zügel, und das Tier folgte. Sie ging entschlossen voran, denn zum einen wollte sie die Eselin schonen zum anderen wollte sie die Leute ein wenig einschüchtern, indem sie sie durch das Haupttor führte. In der Auffahrt ließ Julia die Gruppe stehen und schritt mit dem älteren Mann und dem Tier auf das Haus zu. Sie wollte nach Eduard rufen, damit er auf den Mann und die Eselin aufpasste, und rasch Geld holen. Wie viel kostete überhaupt ein halbtoter Esel? Eduard würde es schon wissen!

Seit Jahren zum ersten Mal war Edmond de Beychevelle mittags aus der Klinik gekommen, um zu Hause zu essen. Jetzt stand er am Fenster des Salons, blickte ärgerlich in die tropfnasse Landschaft und gestand sich ein, dass er enttäuscht war, weil er Julia nicht angetroffen hatte. Plötzlich stutzte er.

Da kam doch seine Frau zusammen mit einem höchst zweifelhaften Mann und einem arg geschundenen Esel die Auffahrt herauf, während sich am Tor einige sehr merkwürdige Gestalten drängten. Irgendetwas an der zarten, entschlossenen Frau ließ ihn zur Tür eilen, um ihr entgegenzugehen.

Erleichterung überflutete Julia, als sie ihren Mann aus der Tür treten und auf sich zukommen sah. „Edmond! Bin ich froh, dass du da bist! Ich habe dieses arme Tier gekauft, aber ich weiß nicht, was ich dem Mann dafür geben muss. Ich hoffe, Eduard würde es wissen, aber da du da bist, kannst du es mir ja sagen." In ihren Augen stand unerschütterliches Vertrauen, als sie zu ihm aufblickte. Um ganz sicher zu gehen, dass er die Dringlichkeit der Lage einsah, setzte sie hinzu: „Es ist eine Eselin, sie wird bald fohlen. Die Leute haben Sie geschlagen. Und sieh dir bloß die Hufe an!

Der Professor besah sich sorgfältig die Hufe, nachdem er sanft über den geschundenen Rücken gestrichen hatte. Dann richtete er sich zu seiner ganzen Größe auf und wandte sich an den Mann.

Julia konnte nicht verstehen, was er sagte. Edmonds Stimme klang ruhig und sachlich, aber dem Mann jagten seine Worte offensichtlich Furcht ein. Schließlich zog der Professor seine Brieftasche, entnahm ihr ein paar Scheine und reichte sie dem Alten. Der Mann griff hastig danach und machte sich eiligst aus dem Staube.

„Großartig Edmond!" Julia war zutiefst zufrieden. „Ich habe zwar nicht verstanden, was du gesagt hast, aber du hast ihm wirklich einen Schrecken eingejagt. Ach, bin ich froh, dass du zu Hause warst! Gleich gebe ich dir das Geld zurück, aber erst möchte ich mich um dieses arme Tier kümmern. Was hast du zu diesem schrecklichen Mann gesagt?"

„Genug, damit er sich in Zukunft überlegt, wie er seine Tiere behandelt - und um dir die Eselin zu schenken!" Das amüsierte Zucken in Edmonds Mundwinkeln wurde zu einem offenen Lächeln, und Julia lächelte beglückt zurück. „Wie hast du diesen Kerl hergebracht?" wollte Edmond wissen.

Julia gab ihm einen kurzen Bericht, und bei seinem hellen Lachen sprang ihr Herz vor Hoffnung. Aber sie sagte nur: „Wir sollten aus dem Regen gehen. Wo kann ich sie hinbringen?" Sie deutete auf die Eselin. Bevor Edmond antworten konnte, setzte sie hinzu: „Neben den Ställen gibt es die Scheune, in der das Heu gelagert wird ..."

„Ich wusste gar nicht, dass du dich für die Ställe interessierst." In Edmonds Stimme klang echte Überraschung. „Ja, die Scheune ist hervorragend geeignet."

Julia führte das Tier um das Haus herum. „Ich weiß nicht, was Esel fressen, aber Laurent wird es wissen. Er gibt ihr bestimmt ein paar Mohrrüben."

Wieder blitzte es in Edmonds Augen auf. „Laurent auch?" Gleich darauf fuhr er fort: „Wenn sie sich erholt hat, kann sie mit den Pferden auf die Südkoppel weiden."

„Was hast du damit gemeint - Laurent auch?"

Edmonds Antwort kam in leichtem Ton. „Du kannst offenbar gut mit Menschen umgehen. Die Hausangestellten überschlagen sich fast, um dir einen Gefallen zu tun. Und nun auch Laurent. Der tut sonst für niemanden etwas, außer er hat Lust dazu."

„Er ist ein lieber alter Mann." Julia sagte das mit warmer Stimme, während sie daran dachte, wie Laurent abends mit tiefer, polternder Stimme die Weihnachtslieder gesungen hatte. „Er war neulich fürchterlich erkältet. Ich habe ihm geraten, was er dagegen machen kann. Du hast doch nichts dagegen?"

„Es dürfte kaum eine Rolle spielen, ob ich etwas dagegen habe oder nicht." Edmond klang ein wenig nervös. „Jetzt sei bitte so nett und sag Eduard, er soll Laurent und Henry, einem Jungen aus dem Dorf, der Laurent öfters zur Hand geht, holen. Dann ruf bitte den Tierarzt an. Er soll so schnell wie möglich kommen und sich eine misshandelte, trächtige Eselin ansehen."

„Ja, natürlich, Edmond." Julia strahlte ihren Mann an. „Wie wollen wir sie nennen?"

Seine Augen waren hart, als könne er ihren Anblick nicht ertragen. „Wäre, Julia' nicht ein passender Name?"

Sie war keine zehn Schritte gegangen, bevor er die Hände auf ihre Schultern legte und sie zu sich herumdrehte.

„Es tut mir leid! Das war gemein!"

Julia war blass geworden, aber es gelang ihr, die Tränen zu schlucken und sogar ein kleines Lächeln hervorzubringen. „Eigentlich ist das wirklich ein sehr passender Name. Es spielt keine Rolle, bestimmt nicht."

„Du hast das nicht verdient, Julia." Edmonds Stimme war sanft. „Wie wollen wir sie nennen? Wir haben einen Kater Felix, einen Hund Rex, und Laures Katze heißt Marie. Wie wär's mit Eugenie, die Kaiserin? Wenn sie ein Hengstfohlen bekommt, können wir es, Napoleon taufen."

Ganz offensichtlich wollte er seine Kränkung gutmachen. Julia schöpfte wieder ein wenig Hoffnung. Immerhin war ihm klargeworden, dass er sie verletzt hatte. Sie schenkte ihm ein schüchternes Lächeln. „Das ist ein schöner Name. Ich hole jetzt Eduard." Bevor er antworten konnte, war sie schon gegangen.

Edmond hatte einen Eimer Wasser und Futtergetreide geholt. Jetzt standen er und Laurent und Henry um die Eselin herum und beobachteten, wie sie fraß. Sie kaute immer noch genussvoll, als der Tierarzt, Dr. Bellancourt, eintraf. Edmond erläuterte kurz, was passiert war, und stellte ihm Julia vor. Dann wartete er geduldig, während der Tierarzt Julia seine besten Wünsche für ihre Ehe aussprach, sie zur Rettung der Eselin beglückwünschte und der Hoffnung Ausdruck gab, dass er und seine Frau sie bald zu sich einladen dürften.

Es war ein junger, sympathischer Mann mit einem freundlichen, offenen Gesicht. Julia hätte sich gern mit ihm unterhalten. Aber aus den Augenwinkeln sah sie das gespannte Gesicht ihres Mannes. So beendete sie mit einer netten Wendung das kleine Gespräch und lenkte die Aufmerksamkeit auf die vierbeinige Patientin.

Dr. Bellancourt nahm sich viel Zeit für die Untersuchung. Nach geraumer Zeit richtete er sich wieder auf. „Nichts Ernsthaftes. Halb verhungert ist sie natürlich, aber dagegen lässt sich bestimmt etwas tun. Wenn sie wieder kräftiger ist, werde ich die Hufe behandeln. Ich glaube, sie wird ihr Fohlen in ungefähr einer Woche bekommen, soweit man das bei ihrem derzeitigen Zustand sagen kann. Ich gebe ihr einige Spritzen und eine Tinktur für die wunden Stellen auf dem Rücken. Wer pflegt sie?"

Julia hatte sich Mühe gegeben, ihn zu verstehen. Jetzt blickte sie fragend zu Edmond auf. Er antwortete dem Tierarzt, redete mit Henry, der daraufhin sein Gesicht zu einem breiten Lächeln verzog und nickte. Schließlich wandte er sich an seine Frau und übersetzte, was der Tierarzt gesagt hatte.

„O fein. Es macht Henry nichts aus? Ich würde ..."

„Nein, Julia, du nicht. Du kannst sie natürlich besuchen und ausführen, sobald es ihr bessergeht. Aber Henry wird sie pflegen und den Stall reinigen."

Vermutlich durfte eine Baronin solche Arbeiten nicht ausführen. Sie stimmte ihrem Mann zu und sagte mit Nachdruck: „Ich muss unbedingt so schnell wie möglich Französisch lernen!"

„Du kommst offenbar ganz gut zurecht!" Wieder huschte ein Lächeln über Edmonds Gesicht. „Ich werde aber dafür sorgen, dass du Sprachunterricht bekommst."

Sie hatten sich von dem Tierarzt verabschiedet und standen nun nebeneinander auf der Treppe, als er davonfuhr.

„Ach, du meine Güte!" entfuhr es Julia. „Hätte ich ihn auf ein Glas hereinbitten sollen?"

„Das hatte ich schon getan. Er konnte nicht bleiben, er hat sehr viel zu tun."

„Und nett ist er. So freundlich." Julia bemerkte den Blick nicht, den ihr Mann ihr zuwarf. „Kann ich noch einmal nach Eugenie sehen?"

„Du brauchst mich doch nicht um Erlaubnis zu fragen, Julia. Du kannst tun und lassen, was du magst, solange du meine Arbeit nicht störst."

Es brach plötzlich aus Julia hervor. „Nicht deine Arbeit - dein Leben! Keine Sorge, Edmond, ich werde das nie vergessen!" Zornig warf sie den Kopf in den Nacken und ging.

Julias Zorn war sehr bald verflogen. Eine Stunde später saß sie mit Edmond beim Mittagessen. Sie entschuldigte sich zwar nicht für ihren Ausbruch, gab sich aber besondere Mühe, freundlich zu sein. Edmond ging ungewöhnlich bereitwillig auf ihr Gesprächsangebot ein. Zu ihrer Enttäuschung teilte er Julia mit, dass er zum Abendessen nicht zu Hause sein würde.

Am Nachmittag arbeitete sich Julia durch eine immer länger werdende Liste von französischen Wörtern. Abends probte sie wieder mit dem Chor. Danach ging sie noch einmal in den Stall, um nach der Eselin zu sehen. Sie zupfte zärtlich an den ausgefransten Ohren, spendierte ihr eine Mohrrübe und ging ins Haus zurück.

Sie beschäftigte sich noch mit diesem und jenem und ging viel später als gewöhnlich schlafen, weil sie hoffte, Edmond werde noch zurückkommen. Aber er kam nicht. Schließlich schlief sie ein. Erst in den frühen Morgenstunden kehrte Edmond zurück.

Schon früh war Julia aufgestanden und ging in Begleitung von Kater Felix in den Stall, um zu sehen, wie Eugenie die Nacht verbracht hatte. Henry war schon da, reinigte die Scheune und gab der Eselin Futter. Julia kramte ihre französischen Wörter zusammen und erfuhr, dass es dem Tier schon viel bessergehe. Henry war beschäftigt und nicht sonderlich gesprächsbereit, also zog Julia weiter und genoss den frischen Morgen. Der richtige Tag zum Reiten! Mit diesem Beschluss eilte sie zum Frühstück.

7. KAPITEL

Laurent wartete schon auf sie, als Julia zum Stall kam, und Schnuppe begrüßte sie mit einem fröhlichen Wiehern. Julia bestieg den breiten Rücken des Ponys und lenkte es aus dem Stall heraus. Einmal um das Feld im Schritt und einmal im Trab, hatte Laurent angeordnet.

Unter den wachsamen Augen des alten Mannes tat Julia wie geheißen. Sie fühlte sich sicher, unbeschwert und voller Freude. So drückte sie dem Pony die Fersen in den massigen Seiten und begann eine neue Runde. Auch Schnuppe hatte sein Vergnügen an der Sache und wechselte in einen schnelleren Trab. Julias Haar flog, und ihr Gesicht leuchtete. Zu drei Vierteln hatte sie das Feld umrundet, als sie sah, dass Edmond neben Laurent stand.

Was sollte sie auch tun? Sie ritt weiter und hielt das Pony schließlich vor ihrem Mann an. Aus Laurents faltigem Gesicht war nichts abzulesen. Um sicherzugehen, lehnte Julia sich aus dem Sattel und sagte mit gespielter Schärfe: „Untersteh dich, Laurent einen Vorwurf zu machen. Ich habe ihn überredet, mir Unterricht zu geben. Ich wollte dich überraschen!"

„Wolltest du das?" Es war beim besten Willen unmöglich, herauszuhören, ob Edmond ärgerlich war oder nicht.

„Nun ja. Aber ich habe es nicht nur für dich getan. Du bist Baron und hast eine Menge hochgestochener Freunde. Es würde dir unangenehm sein, wenn ich all das nicht kann, was sie können."

In Edmonds Augen blitzte es verräterisch, aber er meinte ernsthaft: „Das ist ein sehr kluges Argument, Julia. Willst du meine..., hm ..., hochgestochenen Freunde hierher einladen?"

Unmöglich dieser Mann! Julia wandte sich ab und blickte über die Felder. In gleichmütigem Ton kam ihre Antwort. „Nein. Ich habe versprochen, dass ich mich nicht in dein Leben einmischen werde. Ich wollte dich nur nicht im Stich lassen."

„Entschuldigung! Du bist ..." Er brach ab und setzte erneut an: „Ich würde mich jeden Morgen über deine Gesellschaft freuen."

„Wirklich?" Julia blickte ihn forschend an. „Am ersten Morgen nach unserer Ankunft habe ich dich gesehen. Damals beschloss ich, reiten zu lernen. Ich bin aber noch nicht sehr gut. Es war reines Glück, dass ich nicht heruntergefallen bin."

„Laurent hat dich gut unterrichtet!" Edmond sprach mit dem alten Mann. Nach dessen ausführlicher Antwort wandte er sich wieder zu Julia. „Laurent meint, dass du jetzt vor allen Dingen üben musst. Schade, dass ich heute Vormittag noch einen Termin habe, sonst würde ich mit dir ausreiten." Er musterte sie. „Du brauchst die richtige Kleidung. Nach dem Essen bis zum frühen Abend habe ich Zeit. Ich fahre dich nach Carcassonne, und wir besorgen dir eine Ausstattung."

„Das wäre wunderbar. Aber kostet dich das nicht zu viel Zeit? Wenn du mir sagst, wo ich hingehen muss, kann ich das auch allein machen."

„Wir fahren gemeinsam, Julia." Schroff setzte er hinzu: „Erstens wüsstest du nicht, was du kaufen solltest, und zweitens würdest du das Geschäft nicht finden."

Was das Geschäft betraf, hatte Edmond vollkommen recht: Es war in einer schmalen, von hohen mittelalterlichen Stadthäusern gesäumten Gasse versteckt und befand sich in einem der alten, noch sehr zahlreich vorhandenen Wehrtürme, die das Stadtbild noch heute beeinflussen. Während Julia Edmond folgte, überlegte sie, wo sich wohl die Kunden aufhielten? Bald wurde es ihr klar, denn der schmale Laden bestand aus einer Flucht von Räumen, die sich einer in den anderen öffneten.

Edmond war bei dem Ladeninhaber bekannt. Man führte sie in einen kleinen Raum, dessen Wände mit Regalen bedeckt waren, in denen sich Stiefel und Reithosen stapelten. Edmond ließ sich in dem angebotenen Sessel nieder, während Julia im Geleit einer älteren Dame in einem noch kleineren Raum verschwand, wo sie mit

Stiefeln, verschiedenen Pullovern und Hemden, einem Reithut, Reithosen und den dazu passenden Jacketten versehen wurde. Im Spiegel erkannte sie sich kaum wieder! Artig, wenngleich widerstrebend, stellte sie sich auf Geheiß der Verkäuferin in dieser Aufmachung Edmond vor.

„Sehr hübsch!" und dann: „Was kannst du sonst noch, Julia?"

„Ich? Ach, eigentlich nichts. So das normale, weißt du. Ich spiele ein bisschen Klavier und tanze ein bisschen."

„Kannst du Auto fahren?"

„Nein. Ich habe nie eins gebraucht."

„Du wirst Fahrstunden nehmen und später ein eigenes Auto bekommen. Tennis?"

„Ja. Hoffentlich habe ich damit bestanden?"

Edmond wandte sich ab. „Das hättest du auch, wenn du alle diese Sachen nicht könntest. Wenn du zufrieden bist, lassen wir die Kleidung einpacken, und ich fahre dich zurück."

Diesen Nasenstüber habe ich wohl verdient, sinnierte Julia. Zum hundertsten Male fragte sie sich, weshalb Edmond sie wohl geheiratet hatte. Eine besonders gute Partie war sie doch wirklich nicht!

An diesem Punkt ließ sie ihre Gedanken einhalten. Er hatte eine Art Rettungsanker gewollt, und sie hatte versprochen, dass zu sein. Sie gehörte in den Hintergrund seines Lebens, immer zur Hand, wenn er sie brauchte. Sie sollte sich häufiger daran erinnern!

Während der Rückfahrt folgte Julia diesem Gedanken und verabschiedete sich kurz darauf ruhig von ihm. Er hatte ja schon erwähnt, dass er abends noch einen Termin wahrnehmen musste. Sie fragte nicht, ob er zum Essen zurück sein werde. Zu ihrer eigenen Überraschung sagte er ihr: „Auf Wiedersehen um acht Uhr."

Julia zog eines der neuen Kleider an: Seidenjersey in Altrosa mit einem halbhohen Kragen und langen Ärmeln. Als Edmond nach Hause kam, saß sie im Salon am Kamin, versunken in einer Stickerei. Heiter wünschte sie ihm einen guten Abend und stickte weiter.

Ihr Herz klopfte angenehm erregt unter dem neuen Kleid. Edmond hatte sie von der Tür aus in einer Weise angesehen, die sie noch nie an ihm bemerkt hatte. Die Nadel stach kreuz und quer, aber in diesem Augenblick musste sie gelassen und unbefangen wirken.

Edmond trat in den Raum, bot Julia einen Aperitif an und brachte ihn ihr zum Sessel. „Du siehst nett aus, Julia."

„Danke. Das ist eines der neuen Kleider."

„Ich meinte dich, Julia, nicht das Kleid."

„Oh, wie liebenswürdig." Was für eine ungeschickte Antwort! Rasch fügte sie hinzu: „Kleider machen so viel aus, weißt du." Sie beugte sich zu Rex, der neben ihrem Sessel saß und kraulte ihm die Ohren. Felix, der neben dem Hund saß, erhielt auch sein Teil.

„Ich habe Eugenie heute Abend besucht. Sie hat sich schon recht gut erholt. Henry verbringt wahre Wunder mit ihrem Fell."

„Ich komme gerade vom Stall. Sie spricht gut auf die Antibiotika an." Edmond ließ sich in den großen Gobelinsessel Julia gegenüber nieder, streckte seine langen Beine aus und spielte mit dem Glas in der Hand. Als Julia kurz aufblickte, stellte sie fest, dass er sie unverwandt mit sehr hellen Augen ansah. Wie gut, dass ich die Stickerei habe, dachte sie.

Als Eduard zum Essen rief, hatte sie in ihrem Strickrahmen ein heilloses Durcheinander angerichtet.

Zu ihrer freudigen Überraschung zog sich Edmond nach dem Abendessen nicht in sein Arbeitszimmer zurück, sondern folgte

Julia in den Salon, trank dort seinen Kaffee und gab kein Anzeichen, dass er woanders hingehen wollte. Ihre Finger zitterten, als sie sich wieder an die Stickerei machte. Aber nichts von ihrer Nervosität war auf ihrem heiteren Gesicht zu sehen. Edmond hatte sich bequem in einen Sessel ausgestreckt und las die Tageszeitung. Vermutlich hat er mich längst vergessen, dachte Julia.

Aber das war nicht der Fall, denn bald darauf machte er Kommentare zu den Nachrichten, beschrieb einen interessanten Fall, den er im Laufe des Tages untersucht hatte. Und er fragte Julia, ob sie mit dem Sprachunterricht anfangen wolle, da er einen Lehrer für sie gefunden habe.

Julia antwortete schicklich auf alles. Sie hätte ewig mit ihm Zusammensein können! Schließlich stand sie auf und erklärte, sie wolle zu Bett gehen. Er sollte nicht merken, wie gern sie in seiner Gesellschaft war! Sie wünschte ihm „Gute Nacht" und ging zur Tür. Und wieder spürte sie, dass er ihr nachsah.

Julia war gerade im ersten Stock angekommen, als er sie anrief: „Du hast doch nicht vergessen, dass wir morgen früh ausreiten wollen?"

„Nein, Edmond."

„Ich erwarte dich um acht hier unten!" Nochmals wünschte er ihr eine gute Nacht.

Wider Erwarten schlief Julia tief und traumlos, bis Claire sie mit dem Morgentee weckte. Aus Sorge sich zu verspäten, rannte sie dann förmlich die Treppe hinunter. Ihr Mann erwartete sie bereits. Gern hätte sie ihm gesagt, wie großartig er in seinem Reitdress aussah!

Er wünschte ihr einen guten Morgen, und ohne weitere Umschweife gingen sie zu den Ställen. Es war schon hell, der Himmel war von einem eisigen Wind blankgefegt, und auf dem Gras lag Reif.

„Wenn es noch kälter wird, musst du mit dem Reiten aufhören. Sobald der Boden gefroren ist, kann man leicht stürzen."

„Ja, Edmond", antwortete Julia, aber sie wusste, dass sie ausreiten würde, solange er ausritt, und mochte es auch noch so stark frieren.

Im Stall machte Henry Schnuppe und Tornado, Edmonds Wallach, fertig. Julia drückte sich selber die Daumen und schwang sich auf ihr Pferd. Dann sah sie zu, wie Edmond Tornado bestieg, nach Rex pfiff und aus dem Hof hinausritt.

„Wir reiten bis zur Allee über die Felder und dann an der Außenseite der Gartenmauer entlang", erklärte er. „Lass Schnuppe auf den Feldern nicht traben. Auf der Allee kannst du das gern tun."

Julia musste den Kopf in den Nacken legen, um zu Pferd und Reiter hinaufschauen zu können.

„Ja, in Ordnung", sagte sie. „Aber du reitest doch sicherlich gern Galopp?"

„Schon, aber heute Morgen nicht. Ich werde eine sanfte Stute für dich suchen, dann können wir gemeinsam galoppieren. Es wäre nicht fair, Schnuppe mehr als einen Trab zuzumuten."

Julia klopfte dem Pony den Hals. „Sie ist ein liebes Mädchen. Ob sie es übelnimmt, wenn ich ein anderes Pferd reite?"

Edmond lachte. „Sie ist seit Jahren bei uns und mittlerweile recht betagt. Sie wird Eugenie und ihrem Fohlen gute Gesellschaft leisten."

Nach dem ersten Feld begannen die Pferde zu traben, und als sie das Tor vor der Allee erreicht hatten, schlug Edmond vor: „Nun probiere einen schnellen Trab, Julia!"

Es klappte hervorragend. Allerdings spürte Julia all ihre Nerven, als sie wieder beim Haus angelangt waren. Sie hatte furchtbare

Angst gehabt, sie könnte herunterfallen oder sonst irgendetwas Dummes anstellen. Aber nichts dergleichen war geschehen!

Zu ihrem Vergnügen meinte ihr Mann, während sie das Haus betraten: „Das ging sehr gut, Julia! Hast du Lust, jeden Morgen zu reiten, solange das Wetter es zulässt?"

Sie bemühte sich, ihre Begeisterung nicht durchklingen zu lassen, deshalb klang ihre Antwort gleichgültig: „Ja, gern, wenn du möchtest."

„Sonst hätte ich dich kaum gefragt, Julia. Wollen wir in zehn Minuten zusammen frühstücken?"

„Ja. Ich werde Madame Bouvier Bescheid sagen."

Julia ging in die Küche, anschließend nahm sie eine Dusche und kleidete sich um. Ihre Gefühle waren gemischt. Edmond war so freundlich gewesen. Plötzlich hatte er sich dann zurückgezogen und sie angesehen, als könne er sie um alles in der Welt nicht ausstehen. Am liebsten wäre sie nicht zum Frühstück hinuntergegangen, aber dann hätte er wohl möglich angenommen, sie sei beleidigt.

Edmond saß bereits am Tisch, als Julia eintrat. Er stand auf, zog einen Stuhl heran, reichte ihr ihre Post und las seine Briefe weiter.

Das wird eine schweigsame Mahlzeit, dachte Julia. Im Augenblick war sie für Edmond kein Rettungsanker, sondern ein Störfaktor. Freundlich begrüßte sie Eduard, als er mit frischem Kaffee eintrat, und vertiefte sich in ihre Briefe. Einige ihrer Freundinnen hatten geschrieben und Oberschwester Lydia lud Julia zu ihrer Hochzeit im kommenden Jahr ein.

Was soll ich bloß damit anfangen, überlegte Julia gerade, als ihr Mann ihr einen Stapel geöffneter Briefe herüberreichte.

„Einladungen", sagte er. „Würdest du sie bitte beantworten?"

Verblüfft stellte Julia fest, dass insgesamt fünf Einladungen eingetroffen waren. „Merkwürdig, Edmond! Wir sind seit ein paar Wochen hier. Bisher hat niemand auch nur angerufen, und nun auf einmal diese vielen Einladungen!"

„Mein liebes Kind, hast du vergessen, dass wir als Frischverheiratete gelten? Uns vor dem Ablauf von mindestens vierzehn Tagen anzurufen oder gar einzuladen wäre höchst unpassend." Edmond unterbrach seinen spöttischen Ton und schob ihr über den Tisch noch einen Brief zu. „Hier ist ein Brief von Charlotte, Charles

Frau. Sie möchte, dass wir auf einen Drink zu ihnen kommen. Sie wird im Laufe des Tages anrufen."

„Soll ich annehmen?"

„Selbstverständlich. Charles ist ein sehr guter Freund. Ich hoffe, dass du dich mit Charlotte anfreunden kannst. Was die anderen Einladungen betrifft, so werde ich Marie bitten, die korrekte Antwort auf Maschine zu schreiben. Du kannst sie dann abschreiben und absenden lassen."

Julia sah die Einladungen durch. Zweimal wurden sie auf ein paar Drinks gebeten, einmal zum Empfang des Bürgermeisters in Carcassonne und zu einer Abendgesellschaft. „Aber Edmond ..." Sie brach ab, und er schaute ungeduldig auf.

„Was ist?"

„Du gehst nicht gern aus, das hast du selber gesagt. Schätzt deine Ruhe und Zeit zum Lesen und ..."

„Das stimmt, liebe Julia. Aber ich habe gewisse gesellschaftliche Verpflichtungen. Wir nehmen alle Einladungen an, die uns zugehen. Zu Weihnachten werde ich über dies - entschuldige -, werden wir eine große Party geben. Bis dahin kennst du alle meine Bekannten, und wir können zu einem normalen Leben übergehen. Du kannst Freundschaften schließen, soviel du magst. Ich glaube, du wirst das Leben hier recht unterhaltsam finden."

Es kostete Julia gewaltige Anstrengung, all die Worte zurückzuhalten, die ihr auf der Zunge lagen. Einen kurzen Augenblick lang überfiel sie der furchtbare Gedanke, eine verlorene Schlacht auszufechten. Aber dann fasste sie wieder Mut. Ein- oder zweimal hatte sie einen Schimmer des anderen Edmond gesehen, der hinter Launen und unnahbarem Gehabe verborgen lag.

Du brauchst Geduld und all deine Liebe für ihn, sagte sie sich. Von beiden hatte sie viel.

Im Laufe des Vormittags rief Charlotte an. Julia mochte ihre Stimme sofort.

„Wir wohnen nicht weit entfernt", meinte Charlotte. „Ich bin ganz versessen darauf, euch zu besuchen. Aber Charles meint, ihr hättet ein paar ruhige Wochen verdient. Kommt ihr auf einen Drink zu uns? Glaubst du, dass morgen Abend für Edmond günstig ist? Hast du dich eingelebt?"

„Ja, danke. Ich wünschte mir nur, ich könnte Französisch sprechen. Aber ansonsten sind alle unsagbar nett zu mir."

„Edmond hat Charles erzählt, dass du mit der Sprache ausgezeichnet zurechtkommst. Nimmst du schon Stunden?"

„Noch nicht. Edmond sagte neulich, er habe jemanden gefunden, der mich unterrichten kann."

„Na, du hast auch bestimmt noch nicht viel Zeit gehabt, dich um Sprachunterricht zu kümmern", vermutete ihre neue Freundin mit verständnisvollem Kichern.

Nach dem Gespräch ging Julia auf ihr Zimmer und sah ihre Garderobe durch. Schließlich entschied sie sich für das rosa Jerseykleid. Neulich hat es gewirkt, und schließlich will ich Edmond beeindrucken und nicht Charlotte oder Charles!

Sie dachte noch über die Einladung nach, als Edmond zum Mittagessen nach Hause kam. Sie ließ keine Regung erkennen, als er ihr mitteilte, er habe am nächsten Tag um acht Uhr eine Sitzung der Krankenhausleitung. Er würde Julia von den de Beaucours nach Hause fahren und dann sofort das Krankenhaus aufsuchen. Dort wollte er auch essen. Er sah Julia scharf an, als er dies sagte. Sie dagegen begegnete gelassen seinen Blick und äußerte nur Freude, eine neue Bekannte zu treffen.

„Sie war nett am Telefon. Möchtest du deinen Kaffee hier oder im Salon trinken?"

„Ich muss in fünf Minuten zurück sein. Ich habe keine Zeit. Bitte warte auch nicht mit dem Abendessen auf mich, Julia." An der Tür blieb er stehen. „Kommst du morgen früh zum Reiten, Liebes?"

„Ja, gern. Um die gleiche Zeit?"

Edmond nickte und verließ den Raum.

Julia sah Edmond an diesem Tag nicht mehr. Am nächsten Morgen aber wartete er bereits, als sie die Treppe herunterkam.

Es war kalt und windig, aber trocken. Julia hielt sich gut im Sattel. Edmond sprach allerdings wenig, während sie über die Felder ritten. Ein paar Bemerkungen über Eugenie und die Bitte, um halb sechs fertig zu sein. Dann schwieg er.

Als sie wieder im Haus waren und durch die Halle gingen, teilte er ihr mit, er werde zum Mittagessen nicht nach Hause kommen. Er sagte das in seinem üblichen knappen Ton. Julia meinte aber, einen Ton des Bedauerns herauszuhören, und ihr Mut stieg.

Julias gute Laune hielt den ganzen Tag. Am Morgen besuchte sie Laure in der Küche und hatte eine Besprechung mit Madame Bouvier über erneuerungsbedürftiges Küchengerät. Anschließend besuchte sie ihre Eselin, die jetzt geradezu dick aussah. Schließlich verbrachte sie eine Stunde beim Klavierspiel.

Auch der Nachmittag verflog wie im Flug. Gegen fünf war Julia auf ihr Zimmer gegangen, probierte verschiedene Frisuren aus und schminkte sich leicht. Am Ende nahm sie den größten Teil des Make-ups wieder ab und beschloss, bei ihrer gewöhnlichen Frisur zu bleiben: Etwas Neues würde sich womöglich im Verlaufe des Abends auflösen!

Das rosafarbene Kleid sah wirklich hinreisend aus! Julia warf einen letzten Blick in den Spiegel und ging nach unten in den Salon.

Es war noch nicht ganz halb sechs, aber Edmond war schon da und wartete auf sie. Er trug einen seiner eleganten, dunklen Anzüge und sah nicht aus, als hätte er einen anstrengenden Tag im Krankenhaus hinter sich. Julia fragte sich, wie er das schaffte. Er gönnte sich zu wenig Ruhe.

Edmond half ihr galant in den Mantel, und sie verließen das Haus. Außer einem Gruß hatte er nichts weiter zu ihr gesagt.

Zum Glück dauerte die Fahrt nicht lange, und Julia konnte bald auf das freundliche Willkommen von Charles und seiner Frau Charlotte antworten.

Charlotte war nicht hübsch, stellte Julia mit einer gewissen Erleichterung fest. Sehr gut zurechtgemacht und exquisit gekleidet, aber nicht hübsch. Aber es bestand kein Zweifel, dass ihr Mann sie für die schönste Frau der Welt hielt.

Julia und Charlotte fanden einander sofort sympathisch. Sie musste sich gleich das Baby ansehen. Ein süßer kleiner Kerl!

„Ja, das ist er", sagte seine stolze Mutter, „aber er hält uns auch ständig in Trab. Dabei haben wir ein sehr fähiges Kindermädchen." Charlotte hackte Julia unter, als sie die Treppe hinuntergingen. „Charles ist ein großartiger Vater und ein lieber Ehemann. Edmond ist ein liebenswerter Mann, nicht wahr? Ach, was für eine dumme Frage!" Sie hatten den Salon erreicht. Charlotte wiederholte den Männern ihre letzte Frage an Julia und setzte lachend hinzu: „Als ob Julia das nicht bestätigen würde!"

Erleichtert stellte Julia fest, dass auch Edmond lachte, obgleich er sie nicht ansah. Das war ganz gut so, denn das Blut war ihr kräftig in die Wangen gestiegen!

Sie hatten sich eine Menge zu erzählen. Julia saß und lauschte Edmonds Stimme, die warum und freundlich klang. Wie er Charlotte neckte und mit Charles Meinungen austauschte, und sie dabei geschickt ins Gespräch einbezog. So boten sie wohl den Eindruck eines glücklich verheirateten Paares!

Es tat Julia leid, dass sie so bald gehen mussten. Aber sie würden sich ja beim Empfang des Bürgermeisters wiedersehen, und so verabschiedete Julia sich ebenso fröhlich wie ihr Mann.

Edmond unternahm keine Anstalten, über den angenehmen Abend zu sprechen. Erst als sie schon fast zu Hause waren, fragte er: „Hat dir der Abend gefallen? Magst du Charlotte?"

„Ja, ich mag sie sehr. Und was für ein hübsches Baby sie hat!" Gleich darauf wünschte sie, sie hätte diese Bemerkung nicht gemacht, und fuhr schnell fort: „Ich freue mich, dass wir uns beim Empfang sehen werden."

„Ja. Du wirst dort eine Reihe von meinen Freunden kennen lernen."

„Du kommst nicht mehr ins Haus, bevor du wieder wegfährst, vermute ich?"

„Ich habe keine Zeit." Edmonds Stimme war kalt geworden.

Julia seufzte lautlos. Sie sprachen nicht mehr, bis sie das Haus erreicht hatten.

„Du brauchst nicht auszusteigen, Edmond. Du bist bestimmt unter Zeitdruck." Julia sprang rasch aus dem Wagen und lief die Treppe zur Eingangshalle hinauf. Eduard hatte sie schon geöffnet und begrüßte sie.

„Reiten wir morgen früh?" rief Edmond ihr nach.

Julia hatte schon gefürchtet, er könnte es vergessen. „Ja. Bis morgen also!" Damit lief sie ins Haus.

Sie sollte Edmond jedoch viel früher sehen. Nachdem er fortgefahren war, hatte sie im Stall nach Eugenie gesehen und war mit Rex einmal ums Haus gegangen. Danach hatte sie zu Abend gegessen, mit ihrem Chor geprobt und war zu Bett gegangen.

Etwa gute zwei Stunden lang hatte sie in die Kissen gelehnt und gesessen und über den Abend nachgedacht, als sie plötzlich ihre

Eselin wiehern hörte. Es war keinesfalls laut, nicht laut genug, um die anderen zu wecken, deren Zimmer auf der anderen Seite des Hauses lagen.

Wieder dieser klagende Ton. Julia sprang aus dem Bett, zog ihren Morgenrock über, nahm ein Paar Stiefel vom Regal und lief lautlos durchs Haus. Edmond war nicht da, und sie hatte keine Ahnung, wann er wiederkommen würde. Sie wollte einen Blick auf Eugenie werfen. Wenn irgendetwas nicht in Ordnung war, würde sie Laurent oder Henry rufen lassen. Und schließlich könnte sie auch Dr. Bellancourt kommen lassen.

Julia trat in die kalte, klare Nacht. Sie war froh, dass sie Stiefel angezogen hatte, aber etwas Dickeres als dem Morgenmantel wäre auch nicht verkehrt gewesen! Sie drehte das Licht im Stall an.

Eugenie lag auf dem Stroh. Als das Licht anging, drehte sie den Kopf und sah Julia aus ihren sanften Augen an. Julia verstand zwar nicht viel von Eseln, aber auch ihr war klar, dass Eugenie ihr Fohlen bekommen würde. Aber ob das Tier Hilfe brauchte oder nicht, das konnte sie nicht erkennen. Vielleicht will sie einfach Gesellschaft haben, meinte Julia.

Julia kniete neben Eugenie und rieb die langen, pelzigen Ohren, ungewiss, was sie tun sollte. „Ich werde ein paar Minuten warten", redete sie dem Tier zu. „Wenn dann nichts passiert, hole ich Hilfe. Schade, dass Edmond nicht da ist! Aber wenn er da wäre, würde ich ihn nicht gerne stören, weißt du Eugenie, er mag ...“ Mit einem leisen Aufschrei brach sie ab, als sie Stimme ihres Mannes von der Stalltür herhörte.

„Ich habe das Licht gesehen. Was ist mit Eugenie?“ Er stand jetzt neben ihnen. Julia konnte sein Gesicht nicht erkennen. Ihr Herz klopfte noch von dem Schreck.

Edmond zog Mantel und Jackett aus, rollte die Hemdsärmel auf und kniete bei der Eselin nieder. „Es kann jeden Augenblick kommen“, stellte er nach einer kurzen Untersuchung fest. „Es sieht alles gut aus. Wie lange bist du schon hier?“

„Fünf Minuten vielleicht.“

„Hat sie dich geweckt?“

„Ich war noch wach“, sagte Julia unbedacht.

„Es ist weit nach Mitternacht.“ Er sah sie mit einem langen Blick an. Ihr ungekämmtes Haar, der Morgenmantel. „Liebes Mädchen, es ist Winter! Du hättest dir etwas Wärmeres anziehen sollen.“

„Ich habe Stiefel an", verteidigte Julia sich. „Außerdem wusste ich nicht, ob es Eugenie schlecht ging, und ich wollte keine Zeit verlieren."

„Und was hättest du in dem Fall getan?" wollte Edmond wissen.

„Ich wollte ein bisschen warten. Wenn sie dann weiter so gestöhnt hätte, hätte ich Laurent geholt. Aber er ist alt, ich wollte ihn nicht unnötig stören."

„Mich wolltest du auch nicht stören, Julia." Er legte eine Hand auf die Flanken des heftig atmenden Tieres.

„Nein." Nur um irgendetwas zu tun, fuhr sie sich mit den Fingern durch das Haar.

„Lass dein Haar!" Und als Julia erstaunt innehielt, sagte er plötzlich: „Schau her!"

Das Fohlen war entzückend. Es war ein kleiner „Napoleon", der sich gleich unbeholfen auf die wackeligen Beine stellte und bei der Mutter zu saugen begann.

„Julia, kannst du heißen Getreidebrei ansetzen? Laurent hat schon alles vorbereitet. Es müsste dort in der Ecke stehen. Da ist auch ein Kocher, du brauchst den Brei nur aufzuwärmen. Eugenie kann jetzt etwas Handfestes zu fressen gebrauchen. Ich möchte hierbleiben und aufpassen, dass wirklich alles in Ordnung ist."

Julia bereitete das Futter vor. Als sie zurückkam, hielt Edmond der Eselin einen Eimer Wasser vor, das sie in durstigen Zügen trank. Auch das bereitete Futter nahm sie bereitwillig.

„Ist es nicht zauberhaft? Wie froh und glücklich sie ist! Was wäre mit ihr geschehen, wenn wir sie nicht aufgenommen hätten?"

„Ich fürchte, man hätte sie auf irgendeinem Feld sich selbst überlassen." Edmond sprach nicht weiter, als Julias Augen sich mit Tränen füllten. „In ein paar Tagen kann sie mit den Pferden auf die Koppel. Esel mögen Gesellschaft, und die Pferde mögen sie."

Eugenie hatte ihre Mahlzeit beendet. Sie legte sich bequem auf das Stroh, das Fohlen an ihrer Seite, und wackelte mit den langen Ohren.

„Sie sagt uns, dass wir jetzt gehen können", übersetzte Edmond gutgelaunt. „Bis Henry kommt, hält sie durch." Er zog seine Frau auf die Füße, legte ihr sein Jackett um die Schultern und schritt mit ihr zum Haus. Julia wäre am allerliebsten sofort zu Bett gegangen, aber Edmond hielt immer noch den Arm um ihre Schultern gelegt.

„Ich würde gern eine Tasse Tee trinken. Lass uns in die Küche gehen. Etwas Warmes würde auch dir guttun."

Edmond wusste offenbar in der Küche Bescheid. Julia war in die Ärmel des Jacketts geschlüpft, um sich besser bewegen zu können. Während sie Tassen, Milch und Zucker auf den Tisch stellte, kochte Edmond den Tee und holte Brot und Butter.

„Hast du nichts zu Abend gegessen?" fragte Julia ein wenig besorgt.

„Doch, aber nicht viel. Mir knurrt der Magen."

Es war lange her, dass Julia eine Mahlzeit so genossen hatte wie diese! Edmond und sie redeten miteinander, als wären sie schon ein Leben lang bekannt. Julia dachte nicht mehr an ihre nachlässige Aufmachung und sprach von Eugenie, dem Reiten, wie sie Französisch lernen wollte und dass sie so froh war, in Charlotte eine Freundin gefunden zu haben. Edmond unterbrach sie nicht, im Gegenteil. Er stellte geschickte Fragen, auf die sie spontan und unbefangen antwortete.

Erst als die alte Wanduhr vier Uhr schlug, hielt Julia erschreckt inne. Hastig begann sie, Tassen und Teller zusammenzuraufen.

„Entschuldige, ich habe dich aufgehalten. Ich weiß gar nicht, was in mich gefahren ist", stammelte sie.

Edmond nahm ihr die Teller aus der Hand und stellte sie wieder auf den Tisch. „Lass das stehen. Bist du zu müde, um morgen früh auszureiten?"

„Müde? Um nichts in der Welt würde ich ..." Sie brach ab. „Die frühen Morgenstunden sind um diese Jahreszeit sehr schön", sagte sie hölzern.

„Darin muss ich dir zustimmen, Julia. Die Morgenstunden sind sehr schön." Heftig drehte er sich herum und trug die Teekanne zum Ausguss.

Julia bohrte die Hände in die Taschen des Jacketts, das sie noch immer trug. Ihre Finger fassten etwas. Sie zog es herauf, warf einen schnellen Blick darauf. Ein Taschentuch! Ein zerknittertes Damentaschentuch!

Sie gingen gemeinsam die Treppe hinauf. Julia sagte sich fortwährend, dass sie das nichts anginge. Sie hatte die Hände aus den Taschen genommen, als wären sie voll glühender Kohlen. Als sie ihm mit einem gemurmelten Dank, dass Jackett zurückgab, spürte sie einen beinahe körperlichen Schmerz. Wenn ich mich jedes Mal so anstelle, sobald ich merke, dass ich nicht die einzige Frau in seinem Leben bin, dann kann ich gleich aufgeben! Das Taschentuch kann einer Tante oder einer Cousine gehören.

In ihrem Kopf begann eine hässliche Stimme zu sprechen: Vielleicht gehörte es jemandem, den er jeden Abend besucht?

Julia kam sich in diesem Moment wie ein abgetragener, alter Mantel vor, der stets griffbereit an der Hintertür hängt. Man braucht ihn, aber man trägt ihn nur im Hof und bei schlechtem Wetter. Einen schönen Mantel dagegen bewahrt er im Schrank auf, nimmt ihn sorgfältig heraus und zeigt ihn voll Stolz den Freunden.

Sie hatten den ersten Stock erreicht. Leise wünschte Julia ihrem Mann eine gute Nacht. Mit einem Male zog er sie an sich und gab ihr einen schnellen Kuss. Wortlos drehte Julia sich um und flüchtete auf ihr Zimmer.

8. KAPITEL

Julia war viel zu müde, sonst hätte sie wohl wach gelegen und über Edmonds Verhalten nachgedacht. So aber war sie trotz Verwirrung und Aufregung eingeschlafen, kaum, dass sie den Kopf auf die Kissen gelegt hatte. Am Morgen musste sie sich beeilen, um rechtzeitig unten zu sein. Wie werde ich mich fühlen, wenn ich ihn sehe, überlegte sie.

Ihre Sorge war unbegründet. Edmond begrüßte sie kühl. Im Stall sah er ihr zu, wie sie aufsaß, wechselte ein paar Worte mit Henry und ritt voran zu den Feldern.

Sie sprachen kaum ein Wort. Auch als sie zurückkamen und Eugenie besuchten, ergab sich nur ein sachliches Gespräch mit Henry über das Wohlergehen von Mutter und Sohn.

Wir sind wieder da, wo wir angefangen haben, dachte Julia. Letzte Nacht war nur ein Zwischenspiel. Ich muss es vergessen. Gleichzeitig stieg die Erinnerung an das Taschentuch schmerzhaft in ihr auf. Mit Mühe brachte sie sich dazu, ein paar Worte zu sagen. Und Henry, wie alle anderen Hausangestellten, gab sich redlich Mühe, ihr sonderbares Französisch zu verstehen.

Beim Frühstück überraschte es Julia nicht im Geringsten, als Edmond sagte, er werde zum Mittagessen nicht nach Hause kommen.

Erst nach dem Mittagessen kam ihr der Gedanke, noch einmal nach dem Taschentuch zu sehen. Der Anzug, den Edmond gestern getragen hatte, sollte in die Reinigung gegeben werden. Er musste in einem Zimmer im Haushaltstrakt liegen.

Julia hatte ein unsagbar schlechtes Gewissen, als sie in den Taschen suchte. Das Taschentuch war fort. Wahrscheinlich bedeutete es Edmond viel. Geschieht mir recht! Schalt sie sich und schämte sich. Sie zog ihre Schaffeljacke an, setzte eine Wollmütze auf und suchte nach Rex. Gemeinsam unternahmen sie einen ausgedehnten Spaziergang.

Sie waren noch längst nicht zu Hause, die Dämmerung fiel bereits ein, als Edmond heimkehrte. Er trug eine große Schachtel unter dem Arm, mit der er direkt in den kleinen Salon ging, in dem seine Frau ihre freien Stunden zu verbringen pflegte.

Niemand war da. Eduard teilte Edmond mit, die Baronin sei mit Rex fortgegangen.

„Sie ist schon lange weg. Gut zu Fuß ist sie." Er war schon fast an der Tür, als er sich die Freiheit herausnahm, die nur alten Freunden gestattet wird: „Sie läuft vor etwas weg, wenn Sie mich fragen."

„Was wollen Sie damit sagen?" Edmond sah seinen Diener mit kalten Augen an.

„Das ist nur meine Meinung, Professor. Machen Sie damit, was Sie wollen, wie man so sagt."

„Ist sie unglücklich? Ist die Baronin unglücklich?"

„Vielleicht nicht gerade unglücklich. Sie hat immer etwas zu tun. Stellt frische Blumen in die Vasen, gibt Bestellungen auf, lernt allein die Sprache. Heimweh hat sie, da bin ich sicher, Professor. Sie ist ja auch so viel allein."

„Ich habe mit meiner Arbeit zu tun, Eduard." Edmonds Stimme war vor kaltem Zorn.

„Und jetzt, wenn ich das sagen darf, Professor, haben Sie auch eine Frau."

Auf Edmonds Gesicht stand Sturm. „Nur gut, dass wir alte Freunde sind, Eduard."

Sein kluger Diener hatte schon die Hand auf der Türklinke. „Ja, Professor, sonst hätte ich auch nichts gesagt."

Das düstere Gesicht Edmond de Beychevelle hellte sich auf. „Und ich weiß Ihre Freundschaft zu schätzen."

Eine halbe Stunde später kam Julia zurück. Ihre Wangen glühten, das Haar war vom Wind zerzaust. Als sie mit Rex zusammen in die Halle trat und Eduard sah, rief sie fröhlich aus:

„Eduard, wir haben einen wundervollen Spaziergang gemacht! Seien Sie nicht ärgerlich, ich habe Rex die Pfoten abgeputzt. Wir waren auch bei Eugenie im Stall. Es geht ihr gut." Sie hatte die Jacke abgeworfen und zog sich eben die Mütze vom Kopf, als sich die Salontür öffnete und ihr Mann vor ihr stand.

Wie immer, wenn sie ihn sah, blieb Julia der Atem weg. Als sie sich gefasst hatte, begrüßte sie ihn mit scheinbarer Gelassenheit. „Hallo, Edmond. Ich wusste nicht, dass du so früh nach Hause kommen wolltest. Hast du schon Kaffee getrunken? Wir sind weitergegangen, als wie beabsichtigt hatten."

Edmond lehnte scheinbar gelassen an der Wand. Aus seinem Gesicht war keine Regung abzulesen. „Ich habe auf dich gewartet, Julia." Er nickte seinem getreuen Diener zu, und der verschwand eiligst aus dem Raum.

Er hielt Julia die Tür auf. Der Raum sah einladend aus. Im Kamin brannte ein helles Feuer, vor dem ihr Kater es sich bequem gemacht hatte. Rex begrüßte seinen Herrn stürmisch und ließ sich dann neben dem Kater nieder.

Julia setzte sich in den Lehnsessel und nahm sich ihre Stickerei vor. Sie hatte in mühevoller Kleinarbeit alle falschen Stiche wieder aufgelöst und musste nun von vorn anfangen. Über den Tisch hinweg lächelte sie Edmond zu. „Ich hoffe, es gibt Kirschtorte zum Kaffee. Ich habe Laure gezeigt wie man sie macht."

„Ich bin gespannt, Julia, bist du einsam?"

Die Frage kam so unerwartet, dass Julia sich in den Finger stach. „Einsam? Aber nein, es gibt doch so viel zu tun! Morgen beginne ich mit den Französischstunden, Madame Bouvier bringt mir bei, wie man so ein großes Haus führt, und ich kümmere mich um die Tiere." Sie hielt inne und setzte dann hinzu: „Und jetzt habe ich auch Charlotte."

Eduard brachte den Kaffee.

„Eugenie und Napoleon fühlen sich offenbar wohl", sagte Edmond.

„Ja, nicht wahr? Ich habe sie heute Morgen besucht. Ach und ich habe Madame Bouvier gebeten, deinen Anzug in die Reinigung zu geben."

„Ich nahm an, dass du das tun würdest, und ich habe gestern noch die Taschen geleert." Edmond blickte Julia so unverwandt an, dass ihr das Blut ins Gesicht stieg.

Um ihre Verlegenheit zu überspielen, fragte sie: Möchtest du ein Stück Torte? Laure ist eine sehr gute Köchin."

„Was ist mit deinem Morgenmantel? Der ist nicht mehr tragbar, vermute ich."

„Nun ja ..."

„Edmond hob die Schachtel auf, die neben seinem Stuhl gelegen hatte. „Ich hoffe, dies kann dich entschädigen."

Überrascht sah Julia zu ihm hinüber. Sie knüpfte die Bänder auf, mit denen die Schachtel verschnürt war, faltete das Seidenpapier auseinander und hob einen blassrosa, seidenen Morgenmantel heraus. Mit dem aufgestellten Kragen, den langen Ärmeln, die in Chiffonrüschen ausliefen, war er genau solch ein Kleidungsstück, wie sie es früher oft sehnsüchtig in den Schaufenstern bewundert hatte. Sie hätte nie gedacht, dass sie so etwas einmal besitzen würde!

„Er ist wundervoll, Edmond! Ich werde mich jeden Morgen darauf freuen, ihn anzuziehen."

Er erwiderte ihr strahlendes Lächeln.

In heiterer Stimmung tranken sie Kaffee. Julia erinnerte Edmond daran, dass sie am folgenden Abend zum Empfang des Bürgermeisters geladen waren.

„Hast du ein Kleid dafür, oder möchtest du dir in Toulouse etwas besorgen? Eduard könnte dich hinfahren."

„Ich habe ein Kleid dafür, aber es ist ..., nun, es ist ziemlich tief ausgeschnitten."

„Ich habe den Eindruck, dass tiefe Dekolletés in diesem Jahr en Vogue sind."

„Ja, die Verkäuferin sagte das auch. Aber ich bin mir nicht sicher ..."

„Die Verkäuferin sah aus, als wüsste sie Bescheid", meinte Edmond freundlich und dachte im Stillen, sie würde sich hüten, der Baronin de Beychevelle ein unpassendes Kleid zu verkaufen! „Ich schlage vor, du ziehst es morgen mal an, und ich sehe mir an, ob es für die Gelegenheit geeignet ist. Nur, um dich zu beruhigen."

„Ach, das wäre reizend von dir! Ich möchte nicht, dass die Leute mich anstarren. Ich bin gar keine Partyheldin!"

„Ich auch nicht, Julia. Aber mach dir keine Sorgen. Sie sind alle ganz begierig, dich kennen zu lernen." Wieder war da dieser Ton, der sie zurückweichen ließ. Es war ein kleiner Trost, dass er hinzusetzte: „Ich bin sicher, dass das Kleid sehr gut geeignet ist."

Julia wiederholte sich seine beruhigenden Worte, während sie sich am folgenden Abend im Spiegel betrachtete. Sie war fertig für den Empfang. Ohne Zweifel war das Kleid wunderschön: rauchgrauer Chiffon über Satin mit einem plissierten Volant am Saum. Auch das Oberteil, das ihr so viele Sorgen gemacht hatte, war plissiert.

Rasch, um nicht den Mut zu verlieren, griff Julia ihren Nerzmantel und lief die Treppe hinab. Eduard erschien wie ein Geist und öffnete ihr die Tür zum Salon.

Edmond stand mit dem Rücken zum Kamin, eingerahmt von Rex und Felix. Julia trat in den Raum hinein. „Nun?" fragte sie in ängstlicher Erwartung.

Der Baron betrachtete sie geruhsam. „Gerade richtig für diesen Abend."

Julia hoffte, er werde noch etwas sagen. Aber er schwieg. Stattdessen ging er zu einem Sofatischchen und nahm etwas auf. Der Frack steht im phantastisch, dachte Julia. Aber wenn ich ihm das sage, denkt er, dass ich auch ein Kompliment hören will!

Er kam auf sie zu und öffnete die kleine Schatulle in seiner Hand. „Das hat meiner Mutter gehört. Es passt sehr gut zu diesem Kleid. Dreh dich bitte um, damit ich es schließen kann."

Julia erschauerte bei der Berührung seiner Finger, aber sie stand brav still und ging dann zu einem der goldenen Spiegel.

Ein Traum von einem Halsband! Rubine, verbunden durch eine zierliche Reihe von Diamanten - ein erlesenes, kostbares Schmuckstück. Sie berührte es leicht mit den Fingerspitzen und dachte: Selbst, wenn es ein simples Perlenhalsband wäre, dass er mir aus Liebe schenkt, ich würde es ewig tragen.

Sie wandte sich vom Spiegel ab, schlüpfte in den Mantel, den er für sie bereithielt, und folgte ihm zum Wagen.

Auf dem Weg fragte Julia: „muss ich etwas bei diesem Abend besonders beachten?"

„Ich glaube nicht. Ich bleibe bei dir, damit du alle meine Freunde kennen lernst. Du wirst genügend Gesprächspartner haben. Es ist eine Party wie alle anderen."

Um ein Haar hätte sie gesagt, dass sie nur auf wenigen Partys gewesen war und bestimmt noch nie auf einem großen Empfang, aber der Stolz verbot es ihr.

Bald darauf stieg sie die Treppe zum Haus des Bürgermeisters hinauf, die Röcke zierlich gefasst, gestützt von Edmonds Hand.

Als sie die Eingangshalle betraten, überkam sie Panik, und sie warf einen sehnsüchtigen Blick auf die Tür - umkehren und fortlaufen!

„Ich warte hier auf dich, Julia", sagte Edmond mit freundlicher Stimme, während ein streng blickendes Dienstmädchen sie in die Garderobe führte.

Die Empfangsräume lagen im ersten Stock. An Edmonds Seite stieg sie die Treppe hinauf. Ihr Herz klopfte bis zum Halse, als sie die imposanten Doppeltüren erreicht hatten, hinter denen der Saal lag, in dem der Bürgermeister und seine Frau ihre Gäste empfingen.

Julia hatte sich ihren Gastgeber als großen, eindrucksvollen Mann mit einer gebieterischen Gattin vorgestellt. In Wirklichkeit war er ein gedrungener Mann mit einem Kranz weißer Haare um den kahlen Schädel und einem rundlichen Gesicht, auf dem ein wohlwollendes Lächeln erschien. Julia sagte höflich ein paar Worte in seiner Sprache und war sehr erleichtert, als der Bürgermeister sie auf holprigen deutsch ansprach.

„Ich freue mich sehr, Baronin, dass wir uns endlich kennen lernen. Wir werden noch Zeit haben miteinander zu plaudern." Damit überließ er sie seiner Frau.

Edmond stellte Julia der großen Frau mit liebenswürdigem Gesichtsausdruck vor. Sie sprach nur nicht ihre Sprache. Zu Julias Erleichterung übernahm ihr Mann die Unterhaltung. Bald darauf gingen sie weiter.

Edmond schien hier jedermann zu kennen. Julia schüttelte Hände, murmelte freundliche Bemerkungen, hörte eine Menge Namen und vergaß die meisten sofort wieder. Schließlich führte Edmond sie auf die Tanzfläche.

Julia hatte wenige Gelegenheiten gehabt zu tanzen, aber sie tanzte gern und mit natürlicher Grazie. In Edmonds Arm flog sie über die Fläche und war für ein paar Minuten eine glückliche Frau. Ein Blick in sein Gesicht aber riet ihr, nicht zu sprechen. Sie hatte das unangenehme Gefühl, dass er nur eine gesellschaftliche Pflicht erfüllte. Eigentlich war sie ganz froh, als die Musik aufhörte. Charles und Charlotte traten zu ihnen, und als die Musik wiederbegann, forderte Charles sie wieder zum Tanz auf.

Charles war ganz anders als Edmond. Er plauderte locker, sagte ihr, wie hübsch sie aussehe und wie gut sie tanze, und wollte wissen, ob sie und Edmond zum Ball des Hospitals kommen würden.

„Ich weiß es nicht genau. Wir haben so viele Einladungen erhalten." Und als ihr Partner sie erstaunt ansah, fragte sie: „Geht Edmond denn immer hin?"

Aufmerksam betrachtete Charles ihr ernstes Gesicht. „O ja, obgleich es meist eine Pflichtsache für ihn ist. Für einen alleinstehenden Mann ist, dass kein großes Vergnügen. Aber dieses Jahr werdet ihr sichergehen. Wir sollten den Abend gemeinsam standhalten!"

Julias Lächeln belohnte ihn. „Das fände ich schön. Es ist alles so fremd, und mit meinem Französisch ist es noch nicht weit her."

„Darüber mach dir keine Gedanken! Du tanzt traumhaft, und alle finden, dass du genau die richtige Frau für Edmond bist."

„Es ist lieb, dass du das sagst. Eigentlich ist mir egal, was die Leute reden, ich möchte nur, dass Edmond stolz auf mich sein kann."

„Das ist er bestimmt." Charles war nachdenklich, aber er sagte das in leichtem Ton.

Julia tanzte mit immer neuen Partnern. Es schien kein Ende zu nehmen. Ein- oder zweimal hatte sie einen Blick von Edmond erhascht, aber er machte keine Anstalten, zu ihr zu kommen. Erst als sie alle zum Souper gingen, tauchte er plötzlich an ihrer Seite auf und brachte sie an einen Tisch, bevor er sich auf den Weg ans Buffet machte.

Charlotte und Charles folgten ihnen, zögerten aber noch, ob sie sich zu ihnen setzen sollten.

„Schau sie dir an, Liebling", sagte Charlotte zu ihrem Mann, „er hat nur einmal mit ihr getanzt. Wenn du so etwas machtest, würde ich dich an den Ohren ziehen. Schau, wie sie dasitzt. Sie ist so allein!"

„Ich möchte lieber dich ansehen, mein Schatz. Ich glaube auch nicht, dass Edmond sich gern an den Ohren ziehen ließe."

„Er ist einfach zu lange Junggeselle gewesen. Sie ist so ein liebenswertes Wesen!"

„Dann haben wir Grund zu der Hoffnung, dass aus Edmond noch ein glücklich verheirateter Mann wird, Liebste."

Julia hatte die beiden tuscheln gesehen. Charlotte griff ihren Mann auffordernd in den Arm, und er folgte diesem Zeichen. Sie gingen zu ihr hinüber."

„Dürfen wir uns zu euch setzen?" fragte Charles unbeschwert. Er schob seiner Frau einen Stuhl neben Julia zu Recht. „Edmond hat sich vermutlich schon in die Schlacht um die Austern gestürzt. Ich werde es ihm gleichtun. Hast du einen Wunsch, Liebes?"

Julia hätte ihr Herzblut dafür gegeben, dass ihr Mann in solch einem Ton „Liebes" zu ihr sagte und sie nach ihren Wünschen fragte.

Im Handumdrehen war Charles mit ihren gewünschten Leckereien wieder da und brachte auch Edmond mit.

Julia nahm die Köstlichkeiten entgegen, die er für sie gewählt hatte, ließ ihr Glas mit Champagner füllen und erklärte sich von allem entzückt. Edmond plauderte mit Charles, scherzte mit Charlotte und behandelte Julia mit charmanter Höflichkeit. Julia fragte sich nur, wie viel davon gesellschaftliche Fassade war, hinter der sich sein Desinteresse für die Abende verbarg.

Kurz darauf fragte Charlotte: „Wir sehen uns beim Ball des Hospitals wieder, nicht wahr? Wollen wir nicht zusammen hingehen?"

„Ich bin nicht sicher, ob wir kommen können. Ich habe ein Seminar in Budapest."

„Findet das nicht einen Tag später statt?" fragte Charles.

„Ja, aber ich wollte noch an einigen Komiteesitzungen teilnehmen. Ich hatte vor zwei Tage eher zu fahren. Julia wird das sicherlich nichts ausmachen. Wir gehen in der nächsten Zeit zu ziemlich vielen Partys." Er sagte das mit einem schnellen Seitenblick auf Julia.

Charlotte öffnete gerade den Mund, aber da sah sie die warnend hochgezogenen Augenbrauen ihres Mannes und schloss ihn wieder. Julia bemühte sich, nichts falsch zu machen, und stellte unbefangen klar, Edmond habe vollkommen Recht, und es mache ihr gar nichts aus, den Ball nicht zu besuchen.

Julia war herzlich erleichtert, als Edmond sie zum nächsten Tanz aufforderte. Ein paar Minuten lang tanzten sie schweigend, bevor Edmond fragte, ob sie sich gut amüsiere.

„O ja. Du hast eine Menge Freunde, und sie sind alle sehr nett zu mir."

„Warum sollten sie das nicht sein." Das kam in einem so schroffen Ton, dass sich Julias Champagnerfröhlichkeit in Nichts auflöste. Sie tanzte graziös und fehlerlos, aber ohne Anteilnahme. Edmond erfüllte eine Pflicht ohne Freude.

Der Tanz endete, Edmond überließ Julia einem anderen Partner, und sie sah ihn erst beim letzten Tanz wieder. Das tut er nur, weil es üblich ist, dass verheiratete Paare den letzten Tanz miteinander tanzen, dachte Julia traurig.

Sie gingen rasch Julia hatte kaum Zeit sich von Charlotte zu verabschieden.

„Ich rufe dich an", rief Charlotte ihr nach. „In jedem Fall sehen wir uns bei der Party von Beaufort!"

Während der Heimfahrt sprach Edmond von belanglosen Dingen. Julia hörte zu, soweit das notwendig war, und kaum das sie im Haus waren, wünschte sie ihm eine gute Nacht. Als sie die Treppe schon zur Hälfte hinaufgegangen war, rief er ihr nach, ob sie nicht noch einen Kaffee mit ihm trinken wolle? Sie schüttelte den Kopf und war froh, dass er ihre Tränen nicht sehen konnte.

Der Abend war ein Misserfolg gewesen. Er hatte keine Freude an ihrer Gesellschaft! Sie war sicher, dass er erleichtert aufatmen und sich über seine Bücher setzen würde, sobald sie ihm aus den Augen war. Rasch zog sie sich aus und legte das Collier ab. Morgen wollte sie es ihm zurückgeben.

Claire weckte sie so rechtzeitig, dass sie hätte ausreiten können. Julia aber trank langsam ihren Kaffee und lauschte auf das Schlagen von Tornados Hufen auf dem Kopfsteinpflaster. Als es verklungen war, stand sie auf, duschte, zog ihr neues Kostüm an, ordnete Frisur und Make-up und ging zum Frühstück hinunter.

Edmond hatte sein Frühstück schon fast beendet.

„Bitte bleib sitzen, du hast es bestimmt eilig", sagte Julia, nachdem sie ihn begrüßt hatte. Sie ließ sich auf ihren Stuhl nieder.

„Warst du zu müde, um zu reiten?" fragte Edmond.

„Müde? O nein!" Julia schenkte ihm ihr sonnigstes Lächeln und strich Butter auf ein Croissant.

Nach ein paar Augenblicken gab er ihr einige Briefe. „Würdest du das bitte beantworten? Es sind meist Einladungen auf einen Drink."

„Soll ich sie ablehnen?"

„Natürlich nicht. Wie kommst du darauf?"

Was sollte sie darauf erwidern? Julia setzte ihr Frühstück fort. Als Eduard das Zimmer verlassen hatte, stand sie auf und legte das Halsband sorgfältig neben den Teller ihres Mannes. „Danke, dass ich es tragen durfte."

Edmond legte den Brief beiseite und sah sie scharf an. „Meine liebe Julia, ich habe es dir geschenkt."

„Wirklich? Ich glaubte, du hättest es mir nur für den Abend geliehen. Aber ich kann es auch nicht annehmen."

„Und warum nicht?"

„Es ist eigentlich kein Geschenk, nicht wahr? Ich meine, Geschenke macht man, weil man etwas verschenken möchte. Aber du hast mir dieses Colliers gegeben, weil erwartet wird, dass deine Frau den Familienschmuck trägt."

Edmond zerknüllte den Brief und schleuderte ihn auf den Boden. „Ich habe es schon einmal gesagt, Julia: Du hast die wundervolle Gabe, mich als Übeltäter dastehen zu lassen."

„Es tut mir leid, dass dich das unwillig macht, aber ich kann es auf keinen Fall annehmen. Ich werde natürlich jeden Schmuck tragen, den du willst, wenn wir gemeinsam ausgehen."

„Du solltest für die Zukunft nicht damit rechnen, dass wir allzu oft ausgehen, Julia, ich bin ein vielbeschäftigter Mann."

„Das ist mir klar." Sie warf ihm einen nachdenklichen Blick zu. „Du bist sehr ungehalten. Wahrscheinlich bist du müde. Wir hätten gestern früher aufbrechen sollen."

Jetzt war seine Höflichkeit eiskalt: „Wenn ich möchte, dass du mein Leben organisiert, Julia, werde ich dich darum bitten. Ich bin noch nicht so alt, dass ich nicht für mich selbst entscheiden kann."

„Natürlich bist du nicht alt", lenkte Julia ein. „Wie kannst du nur so törichte Gedanken haben. Du solltest wissen, dass du ..." Sie hielt inne.

„Sprich weiter", forderte er.

„Das werde ich nicht tun. Du würdest mir sonst den Kopf abreißen. Um wie viel Uhr willst du zur Party von Marquise de Beaufort gehen? Ich frage, damit ich rechtzeitig fertig bin."

„Die Party beginnt gegen acht. Ich werde bis sechs zu Hause sein. Kannst du dafür sorgen, dass das Abendessen spät serviert wird?"

„Ist dir halb zehn recht?"

Edmond nickte. „Ich möchte die Party nach einer Stunde verlassen, ich habe noch zu tun."

„Selbstverständlich." Julia bewahrte ein fröhliches Lächeln. „Du brauchst mir nur zu zunicken und zu winken, wenn du gehen möchtest."

Edmond erhob sich. „Ich werde weder winken noch nicken. Du bist meine Ehefrau und nicht mein Hund. Auf Wiedersehen heute Abend." Damit schritt er zur Tür.

„Auf Wiedersehen, Edmond", erwiderte Julia mit so schwacher Stimme, dass er stehen blieb.

„Heute ist keine Abendgarderobe vorgesehen."

„Ja, Edmond."

„Ich wünschte, du würdest nicht immerfort ‚ja Edmond' sagen, als wäre ich ein Tyrann", entfuhr es ihm mit Nachdruck.

„Aber natürlich bist du kein Tyrann! Du hast nur so lange allein gelebt, dass du vergessen hast, wie man miteinander spricht. Aber

du wirst dich schon wieder daran gewöhnen, jetzt wo ich da bin."
Sie lächelte ihn liebenswert an.

Edmond sagte etwas auf Französisch, dass sie glücklicherweise nicht verstand. Es war bestimmt keine freundliche Bemerkung, nahm sie an.

Julia beendete ihr Frühstück und erörterte das Abendessen mit Laure.

Anschließend ging sie in den Stall, um nach Eugenie zu sehen. Henry war da, und gemeinsam bewunderten sie die stolze Eselin und ihr Fohlen. Julia hatte Zucker für die Pferde eingesteckt. Schnuppe begrüßte sie wiehernd und blickte sie dann so vorwurfsvoll an, dass Julia sich nach dem Mittagessen umzog und einige Runden ritt.

Danach blieb nicht mehr viel Zeit. Schon vor dem vereinbarten Termin, an dem Edmond erscheinen wollte, war Julia fertig. Sie trug eines der neuen Kleider, ging in den kleinen Salon und strickte eifrig. Um halb sieben erschien Eduard und teilte ihr mit, ihr Gatte sei am Telefon.

„Es tut mir außerordentlich leid, Julia", sagte er sachlich, „aber ich werde später als erwartet nach Hause kommen. Bitte rufe Marquise de Beaufort an. Ich fürchte wir können kaum vor halb neun dort zu gegen sein."

„Ja, Edmond." Da war es heraus! Aber was hätte sie auch sonst sagen sollen? „Okay, Schatz" wäre wohl kaum richtig gewesen! Sie ging in die Küche und sorgte dafür, dass das Abendessen später auf den Tisch kam. Dann machte sie sich wieder an ihre Stickerei.

Edmond kam kurz nach acht nach Hause. Er sah zwar sehr müde, aber zugänglicher aus.

Julia begrüßte ihn. „Möchtest du ein paar Sandwichs, bevor du nach oben gehst?"

Er ging zu einem der Tischchen, auf dem die Flaschen standen. „Das wäre gut. Ich habe nicht allzu viel zu Mittag gegessen. Was möchtest du trinken?"

„Sherry, bitte." Julia läutete nach Eduard und bat ihm, einen Teller mit Sandwichs zu bringen.

Edmond war ausgehungert. Er verschlang die Brote förmlich. Ihr Mann sah aus wie ein müder, schöner Wolf. Julias Herz schlug voller Liebe, als sie ihn beobachtete, und sie seufzte lautlos.

Edmond ging nach oben und kam kurz darauf zurück, untadelig gekleidet in einem seiner eleganten dunklen Anzüge. Julia trat mit ihm zusammen in die Halle, wo Eduard schon mit den Mänteln wartete. Während sie zur Tür gingen, wisperte sie ihm zu, er möge dafür sorgen, dass das Essen auf den Tisch komme, sobald sie zurückkämen.

9. KAPITEL

Die Beauforts lebten in einer großen Villa. Julia hatte das Ehepaar schon beim Empfang des Bürgermeisters kennen gelernt. Beide waren etwa fünfzig Jahre alt, fröhlich und liebenswürdig. Julia begrüßte ihre Gastgeber und nahm ein Glas Pernod entgegen. Dann wurde sie von einer Gruppe zur nächsten geführt, und sie war sorgsam darauf bedacht, Edmond nicht aus den Augen zu verlieren.

Er schien sehr beliebt zu sein. Er plauderte und lachte, als gäbe es für ihn nichts Schöneres, als mit einem Glas Pernod in der Hand Konversation zu führen. Einige der zahlreich anwesenden jungen Damen waren sehr hübsch, und Edmond schien mit ihnen gut bekannt zu sein.

Eine Welle der Eifersucht überkam Julia, aber sie bemühte sich, nicht zu oft zu ihm hinzusehen. Sie war noch nie auf den Gedanken gekommen, dass er sich in eine andere Frau verlieben könnte. Im Grunde war aber nicht einzusehen, weshalb das nicht passieren könnte. Natürlich gab sie sich größte Mühe, damit er sich in sie verliebte. Allerdings fragte sie sich, ob sie der Konkurrenz wohl gewachsen sei.

Während der Heimfahrt übernahm Julia einen Vorstoß. „Edmond, es macht mir gar nichts aus, wenn wir diese Partys ausfallen lassen. Schließlich wissen alle, dass du viel arbeitest. Wenn ich auch finde, dass du nicht gar so viel arbeiten solltest. Charlotte hat mir erzählt, dass du selten ausgegangen bist, bevor wir geheiratet haben. Ich habe versprochen, dass ich mich nicht in dein Leben einmischen will ..."

Julia konnte zwar sein Gesicht nicht erkennen, aber aus seiner Stimme hörte sie sein Missfallen:

„Wir gehen zu so vielen Partys wie nötig, wir werden selber eine Abendgesellschaft geben, und danach kann ich zu dem zurückkehren, was du als „mein Leben" bezeichnest. Das Jahr hindurch gibt es nur wenige gesellschaftliche Anlässe, nur um Weihnachten und zum Jahresende. Wenn das vorbei ist ..."

Julia war schon froh, wenigstens diesen kurzen Augenblick mit ihm sprechen zu können. „Du kannst diese Veranstaltungen nicht ausstehen, nicht wahr? Ich bin froh, dass das nur ein paar Wochen im Jahr dauert. Schade, dass ich keine Erkältung oder so etwas bekomme, dann könnten wir zu Hause bleiben."

„Das ist wirklich eine törichte Bemerkung, Julia! Natürlich wirst du nicht krank!"

Aber diesmal hatte Edmond Unrecht!

Julia wachte am folgenden Morgen mit einem merkwürdigen Gefühl auf. Ihr Kopf war schwer, und als sie aufstand, war ihr, als ginge sie auf Wolken. Sie hatte auch keinen Appetit auf das Frühstück. Das fiel jedoch nicht auf, denn Edmond blätterte missmutig die Zeitung durch und las seine Post.

Sie erledigte ihre morgendlichen Aufgaben, besuchte Eugenie und ihr Fohlen und setzte sich dann in die Bibliothek, um Französisch zu lernen. Aber auch mit Hilfe von mehreren Tassen Kaffee konnte sie sich nicht konzentrieren.

Im Mittagessen stocherte sie nur lustlos herum. Dann ging sie in den kleinen Salon, nahm ihr Strickzeug und kuschelte sich mit ihrem Kater auf dem Schoß und dem Hund zu ihren Füßen in Edmonds großen Lehnsessel.

Felix verströmte eine gemütliche Wärme. Nach kurzer Zeit ließ sie die Strickerei sinken, schloss die Augen und schlief ein. Als sie erwachte, stand ein besorgter Eduard mit dem Teetablett vor ihr.

„Baronin! Sie sollten zu Bett gehen!"

Julia schaute ihn aus glasigen Augen an. „Ja, das werde ich, sobald ich meinen Kräutertee getrunken habe. Es scheint eine Erkältung zu sein."

Sie trank die Kanne leer und schlief gleich wieder ein. Und sie wachte auch nicht auf, als Edmond ins Zimmer trat, begleitet von dem sorgenvollen Eduard, der ihn schon an der Tür informiert hatte.

Julia wirkte klein und verloren in Edmonds großem Sessel, als er sich über sie beugte und seine kühle Hand auf ihre heiße Stirn legte. Davon erwachte sie und blickte verstört in seine Augen, so nahe über ihrem Gesicht.

„Ich wollte eigentlich ins Bett gehen", murmelte sie. „Das werde ich auch tun." Sie versuchte vergeblich, aus dem Sessel herauszukrabbeln. Edmond nahm sie einschließlich des Katers auf die Arme.

„Du hast dich schon beim Frühstück nicht wohl gefühlt, und keinen Bissen angerührt. Warum hast du mir nichts gesagt?"

„Ich dachte, es würde schon gehen", erwiderte sie schwach.

Eduard war vorangegangen, und hatte die Tür geöffnet. Edmond legte Julia aufs Bett, bat seinen getreuen Diener, Madame Bouvier zu holen, und deckte seine Frau fürsorglich zu.

„Es tut mir leid, Edmond. Ich mache so viel Unordnung."

Edmond antwortete nicht. Er wartete, bis Madame Bouvier kam, wechselte ein paar Worte mit ihr und trat dann beiseite. Sie kleidete Julia für die Nacht um, als wäre sie ein Baby. Dann holte sie Edmond herein, der vor der Tür auf und abgegangen war.

Mittlerweile fühlte Julia sich so schlecht, dass ihr alles gleichgültig waren. Sie streckte folgsam die belegte Zunge heraus und schluckte die Tablette, die Edmond ihr zusammen mit einem Glas Wasser gab. Innerhalb von wenigen Minuten war sie eingeschlafen.

Einige Stunden später wachte sie auf. Edmond beugte sich wieder über sie. Er sah groß und stark und verlässlich aus.

„Nun brauchst du morgen nicht zu der Party zu gehen", sagte trunken im Halbschlaf, „und auch nicht zu dieser Dinnerparty." Sie schloss die Augen, um sie gleich wieder weit zu öffnen. „Ich bin so froh, dass du jetzt wieder deine Ruhe hast - vielleicht für immer!"

Sie schlief ein und hörte nicht mehr die Worte, die Edmond mühsam unter Tränen über die Lippen brachte. Und das war schade!

Am folgenden Morgen fühlte Julia sich ein bisschen besser. Edmond kam vor dem Frühstück, um nach ihr zu sehen. Er zeigte sich zufrieden und ließ sie in der Gesellschaft von Felix allein. Kurz darauf erschien Madame Bouvier, wusch ihr Gesicht und

Hände, bürstete ihr Haar und brachte dann starken Bronchialtee und dazu kräftiges, dunkles Brot mit Butter.

Julia schlummerte durch den Tag, liebevoll umhegt von Madame Bouvier, Laure und den Mädchen. Sie hatte den Eindruck, dass jedes Mal, wenn sie erwachte, irgendjemand sich besorgt über sie beugt.

Am Nachmittag kam Eduard mit einem Blumenstrauß und einem Gruß von Charlotte und ihrem Mann. Danach setzte eine Flut von Besserungswünschen und etlichen weiteren Blumenarrangements ein.

„Ich habe doch nur eine Grippe!" rief Julia aus. „Es ist doch wirklich nicht nötig ..."

„Man hat sie eben sehr gern, Madame." Eduard sagte das mit tiefer Hochachtung. „Das Telefon hat den ganzen Nachmittag geläutet."

„Aber woher wissen denn die Leute von meiner Unpässlichkeit?"

„Wahrscheinlich hat der Professor Einladungen abgesagt, Madame." Julia nickte. Es war nicht angenehm, krank zu sein, aber jedenfalls hatte es für Edmond sein Gutes. Sie trank ihren Tee, verlor den Kampf gegen die Müdigkeit und schlief wieder ein.

Als sie erwachte, stand Edmond am Fußende ihres Bettes und betrachtete sie. Noch bevor er etwas sagen konnte, versicherte sie, es gehe ihr schon sehr viel besser. Bleich und mit zerzaustem Haar richtete sie sich auf. „Sieh dir nur diese vielen Blumen an, Edmond. Dabei bin ich nicht einmal richtig krank."

„Du hast eine akute Virusinfektion der Luftwege", antwortete er ernst.

Mit einem Male hatte sie das Gefühl, Patient in einem Krankenhaus zu sein, eine Patientin, der gänzlich unpersönliche Hilfeleistungen zugedacht wurden. Tränen tropften auf ihre Wangen. Ungeduldig versuchte sie, sie mit der Hand wegzuwischen. Edmond beugte sich mit einem Taschentuch in der Hand über sie.

Sie schob ihn ärgerlich fort. „Mir fehlt nichts", sagte sie schroff. „Ich bin nur noch nicht beisammen. Ich möchte wieder schlafen."

Sie schloss die Augen. Die Tränen tropften noch immer ungehalten unter den Liedern hervor. Nach ein paar Minuten fiel sie wirklich in eine Art Halbschlaf, in dem jemand ihr einen Kuss auf die Wange drückte.

Viel später wachte sie auf und erinnerte sich daran. Wie nett Träume sein können! Den Gedanken, Edmond könnte ihr diesen

Kuss gegeben haben, wies sie als lächerlich von sich. Sie weinte, als sie wieder einschlief.

Vier Tage später war Julia wieder auf den Beinen. Laure und Madame Bouvier hatten sie bemuttert und umsorgt, unterstützt von den Dienstmädchen und dem alten Laurent, der ihr jeden Tag frische Blumen aus den Gewächshäusern schickte. Dirigiert wurde das ganze Team von Eduard.

Selbst Edmond war mehrmals täglich gekommen. Allerdings hatte ihn das nicht davon abgehalten, ihr zu erzählen, dass er dennoch nach Budapest fahren müsste.

„Ohnehin möchtest du vermutlich nicht zum Ball des Krankenhauses gehen." Die Logik war verblüffend! „Ich bedaure, dass ich fortfahren muss, während du nicht gesund bist. Andererseits ist meine Anwesenheit zu deiner Wiederherstellung nicht erforderlich. Alle meine - Entschuldigung -, alle unsere Angestellten überhäufen dich mit Aufmerksamkeiten. Ich lasse dich in den besten Händen zurück."

Julia wünschte Edmond eine gute Reise und ein interessantes Seminar. Dann fiel ihr nichts mehr ein. Sie saß nur in ihren Kissen und sah ihn an.

„Auf Wiedersehen, Julia", sagte Edmond mit ganz anderer Stimme, beugte sich zu ihr hinunter und küsste sie zart auf die Wange.

Noch lange, nachdem er gegangen war, saß Julia unbeweglich da. Felix sprang auf ihre Decke. Abwesend kraulte sie ihn.

„Ich habe also nichts geträumt, Felix! Er hat mich auch neulich geküsst. Ich möchte wissen ..."

Es war bestimmt eine trügerische Hoffnung, aber jedenfalls etwas, woran sie sich halten konnte. Julia nahm eine Dusche, kleidete sich an und ging nach unten, wo sie sofort von allen Mitgliedern des Hauses begrüßt und umsorgt wurde.

Julia fühlte sich besser. Die Rüstung kühler Überheblichkeit, die ihr Mann trug, hatte einen Riss bekommen. Das muss ich nutzen, dachte sie fröhlich. Mit neuer Energie stürzte sie sich auf ihre Französischlektionen und beschäftigte sich mit Rex, dem die Abwesenheit seines Herrn gar nicht gefiel.

Julia ging abends zeitig zu Bett. Madame Bouvier kam noch mit einem Glas heißer Milch mit Honig. Julia wurde ermahnt, unbedingt zu läuten, falls sie etwas brauchen sollte.

Sie sind alle so liebe Menschen, dachte Julia dankbar, als sie sich in ihrem großen Bett zusammenrollte. Das Leben könnte ein Traum sein, wenn Edmond mich nur ein klein bisschen liebte!

Als Julia am folgenden Morgen erwachte, war der Himmel mit schweren Schneewolken verhangen.

Der Tag war ausgefüllt und verging rasch. Nach dem Abendessen gingen Julia und alle Angestellten in den großen Salon, um die Lieder für die geplante Weihnachtsvorstellung zu proben.

Anfangs waren sie befangen. Der Raum war überwältigend, und das Personal fand sich eigentlich fehl am Platz. Aber Julia munterte sie auf.

„Singen Sie, wie wir in der Küche gesungen haben. Wir wollen dem Professor doch eine Freude machen, und hier wird das am besten gelingen!"

Damit war die Spannung beseitigt. „Gerade sang man, O Tannenbaum', als Professor de Beychevelle die Haustür aufschloss. Niemand hörte ihn, selbst Rex, der am Kamin lag, war durch den Gesang abgelenkt.

Einen Augenblick lang verhielt Edmond in der Halle, dann ging er leise auf den Salon zu. Er öffnete geräuschlos die schwere Tür einen Spalt. Der Raum lag im Schatten, im Kamin glühten die Holzscheite. Seine Angestellten standen um seine Frau herum. Die Lampe neben ihr warf Glanzlichter auf ihr Haar. Mit einer Hand schlug sie den Takt, mit der anderen spielte sie die Akkorde der Melodie.

Vorsichtig schloss Edmond die Tür. Er nahm Mantel und Reisetasche wieder an sich und verließ lautlos das Haus. Beim Geräusch des eisigen Windes und dem Chorgesang war das Auto nicht zu hören, als er startete und zum Flughafen zurückfuhr. Von dort aus rief er zu Hause an, teilte mit, er sei früher als erwartet zurückgekehrt, und fuhr noch einmal die gleiche Strecke nach Hause.

Äußerlich war Julia ganz ruhig, als Eduard von der vorzeitigen Rückkehr des Barons berichtete.

„Wir werden morgen wieder proben können! Es wäre nett, Laure, wenn Sie diese köstliche Suppe von heute Abend aufwärmen könnten. Vielleicht möchte mein Mann noch etwas essen."

Sie schloss den Flügel, ging in den kleinen Salon und nahm ihre Stickerei zur Hand. Ein paar Reihen hatte sie schon gestrickt, als sie hörte, wie Edmond durch die Halle zu ihr kam.

Sie lächelte ihm entgegen. „Was für eine nette Überraschung! Möchtest du zu Abend essen oder nur Suppe und ein paar belegte Brote?"

„Nur Kaffee, danke, Julia!" Er setzte sich ihr gegenüber. „Wie man sieht geht es dir besser. Es ist vernünftig, dass du dir einen ruhigen Abend gönnst."

„Oh, ich bin sehr vernünftig gewesen. Möchtest du den Kaffee in deinem Arbeitszimmer nehmen?"

„Liebes Kind, ich bin in dieser Minute heimgekehrt, und da willst du mich gleich in mein Arbeitszimmer verbannen?"

„Entschuldige, Edmond, so war das keinesfalls gemeint. Du ziehst dich nur so oft dorthin zurück. Ich dachte, du wolltest vielleicht allein sein."

„Sehr fürsorglich, aber ich möchte hierbleiben. Was hast du so angestellt während dieser Tage?"

„Nichts Besonderes: Blumen stecken, Französisch lernen, und ich habe Laure gezeigt, wie man deutschen Erbseneintopf macht."

„Bevor wir heirateten, habe ich dich einmal beim Klavier spielen überrascht, erinnerst du dich? Spielst du gar nicht mehr?"

„Doch, gelegentlich."

Edmond lehnte sich entspannt zurück, während Eduard den Kaffee servierte.

„Hast du irgendwelche Pläne für Weihnachten?" fragte er beiläufig und brachte Julia immer mehr in Verwirrung.

„Eduard sagt mir, dass du ... Es sollten ruhige Festtage werden."

„Ich habe mir leider im Laufe der Zeit angewöhnt, sehr wenig für Unterhaltung zu sorgen. Hast du Lust auf etwas Besonderes? Musik zum Beispiel?"

„Musik?" Julias Nadel fuhr in den Stoff, ohne Rücksicht auf das Strickmuster. „Du meinst, ins Konzert gehen? Charlotte sprach davon. Aber du brauchst dir darüber keine Gedanken zu machen. Als wir heirateten, haben wir verabredet, dass du dein Leben in keiner

Hinsicht zu ändern brauchst. Du bist meinetwegen schon zu all diesen Partys gegangen. Ich fühle mich sehr wohl, ich brauche das Gesellschaftsleben nicht."

„Ich dachte, Frauen machen sich gern zurecht und gehen gern auf Feste."

„Ja, sicher, aber wenn es dir keine Freude macht, habe ich auch keine Freude daran." Das wollte ich nicht sagen! Julia wäre gerne im Boden versunken.

„Was soll das heißen?" fragte Edmond offen heraus.

„Oh, nichts, gar nichts." Aber Julia wusste, dass sie so einfach nicht davonkommen würde. „Ich meine, ich habe ein schlechtes Gewissen, weil du deine freien Abende mit etwas verbringst, was dir nicht gefällt, während du viel lieber lesen und schreiben würdest."

„So gesehen, scheine ich ein recht egoistischer Mensch zu sein. Ich sollte das ändern."

Julia blickte erstaunt auf. Seine Stimme klang gar nicht spöttisch, im Gegenteil! Es lag ein warmer Ton darin, den sie nie zuvor vernommen hatte.

„Du bist nicht egoistisch. Niemand erwartet von dir, dass du dein Leben änderst; ich ganz bestimmt nicht. Du hast dein Leben deiner Arbeit gewidmet. Das Hauspersonal geht für dich durchs Feuer, und die Tiere lieben dich."

„Und was ist mir dir, Julia?"

Sie ließ sich mit der Antwort Zeit. Als sie ihn über den Tisch hinweg ansah, stand die Liebe zu ihm deutlich in ihren Augen, aber das wusste sie natürlich nicht.

„Ich schätze dich sehr, Edmond. Du brauchst dir wirklich keine Vorwürfe zu machen. Bevor wir heirateten, hast du klar gesagt, was du wolltest, und ich habe mich einverstanden erklärt. Ich bin zufrieden."

Edmond blickte sie forschend an. „Bist du das wirklich? Vielleicht hätte ich dich nicht heiraten sollen, Julia. Du hättest einen jüngeren Mann kennen gelernt und ..."

„Du solltest nicht immerfort auf dein Alter hinweisen!" Julia war heftig geworden. Und plötzlich war sie der ganzen Situation nicht mehr gewachsen. Sie warf ihre Strickerei zu Boden und stürzte aus dem Raum.

In ihrem Zimmer warf sie sich über das Bett, ihren Kater in den Armen, und weinte.

„Was soll ich nur tun!" schluchzte sie. „Einmal glaube ich, dass er mich doch ein bisschen mag, und dann sagt er, dass er unsere Hochzeit bedauert!" Das hatte er zwar nicht gesagt, aber so hatte sie es verstanden.

Julia ging zu Bett. Aber einschlafen konnte sie nicht. Sie lauschte den vertrauten Geräuschen des Hauses. Aus der Küche klang entferntes Geschirrklappern, gelegentlich bellte Rex. Sie hörte wie Eduard mit schwerem Schritt durch die Halle ging. Sogar aus dem Pferdestall klangen schwache Geräusche zu ihr herauf. Es war eine klare, frostige Nacht, die alle Geräusche verstärkte.

Bald darauf waren Eduard, Laure und die anderen Hausangestellten zu hören, wie sie die hintere Treppe in ihre Wohnungen hinaufgingen. Danach lag das Haus in Stille.

Es war fast drei Uhr. Julia lag immer noch wach. Da hatte sie das Geräusch von quietschenden Autoreifen, unmittelbar danach den Lärm von krachendem Blech, splitterndem Glas und schwache Schreie.

Mit einem Satz sprang Julia aus dem Bett und zog die Vorhänge beiseite. Auf der Vortreppe war Licht, Edmond rannte mit seiner Arzttasche in der Hand die Auffahrt hinunter.

In Windeseile zog Julia Hose und Pullover über und rannte barfuß nach unten. Sie stieg gerade in ihre Stiefel, als Eduard kam.

„Ziehen sie einen Mantel an, Eduard, und kommen Sie zum Tor. Vielleicht braucht der Professor Sie." Sie wartete nicht auf Antwort, sondern rannte die Auffahrt hinunter.

Julia sah das Flackern von Flammen. Schreie hörte sie nicht mehr, wohl aber Stimmen.

Zwei Autos hatten sich hoffnungslos ineinander verkeilt. Aus einem stieg eine schwarze Rauchsäule auf. Zwei Menschen lagen am Straßenrand. Edmond beugte sich über einen der Verletzten.

Julia trat hilfsbereit an die Seite ihres Mannes und nahm ihm die Taschenlampe aus der Hand. „Eduard kommt gleich", sagte sie ruhig.

„Sehr gut!" Edmond kniete neben dem Mann und öffnete seinen Westover. „Bitte leuchte hierher! In meiner Tasche ist eine Schere."

In diesem Augenblick traf Eduard ein, atemlos, aber nicht aufgeregt. Edmond gab ihm Anweisungen. Mit einem knappen „Okay, Professor", eilte er wieder fort.

Der Mann vor Edmond hatte das Bewusstsein verloren. Er hatte Kopfverletzungen und einen Beckenbruch erlitten. Sie betteten ihn so gut es ging und wandten sich dann gemeinsam der zweiten Gestalt zu. Wieder Kopfverletzungen! Edmond stieß einen unbestimmten Laut aus, als er ihn zu untersuchen begann. Er unternahm nichts weiter, bat Julia lediglich, eine Decke, die Eduard gebracht hatte, um den Kopf des Mannes zu legen und ihn zuzudecken.

Drei Personen saßen auf dem reifüberzogenen Gras, ein älterer Mann, eine etwa gleichaltrige Frau und ein junges Mädchen. Edmond widmete sich zuerst der älteren Frau. Er sprach leise mit ihr, während er sie untersuchte.

„Schock", sagte er zu Julia, und ein gebrochenes Hüftgelenk. Bitte lege es mit einer Bandage prophylaktisch still, ja?" Dann wandte er sich dem Mann zu. „Schwerer Schock, aber keine ersichtlichen äußeren Verletzungen", stellte er nach kurzer, aber gründlicher Untersuchung fest. Dann kümmerte er sich um das junge Mädchen.

Noch nie hatte Julia einen so schönen Menschen gesehen! Das junge Mädchen war zart und hellblond und hatte große blaue Augen. Selbst jetzt, wo ihr die Haare unordentlich ins schmutzige Gesicht hingen, bot sie einen atemberaubenden Anblick.

Julia hielt weiter die Lampe, reichte Edmond die Instrumente und wünschte, nur halb so schön zu sein wie diese junge Frau. Ein Blick auf Edmonds Gesicht hatte ihr gesagt, dass er sie genauso schön fand. Zwar trug er den sachlichen Ausdruck des Arztes, aber er wäre ein sonderbarer Mann gewesen, wenn ihn diese Schönheit nicht beeindruckt hätte!

Das Mädchen sagte etwas mit leiser Stimme. Edmond antwortete freundlich und legte lächelnd den Arm um die schmalen Schultern. Dann stand er, wie es Julia schien, widerwillig auf.

„Bleib bitte hier, Julia, ja? Das Mädchen hat einen schweren Schock, bei den anderen ist es nicht so schlimm- Ich werde auf die beiden anderen aufpassen. Allerdings kann ich nicht viel ausrichten, bis wir im Krankenhaus sind." Er lauschte. „Da kommt die Ambulanz!"

Er überwachte den Transport der beiden bewusstlosen Männer. Als der erste Ambulanzwagen abfuhr, kam er zu Julia und den drei anderen Verletzten zurück.

„Geh ins Haus, Julia. Hier ist nichts mehr zu tun. Trink etwas Warmes und geh dann sofort ins Bett. Ich fahre mit ins Krankenhaus. Vielleicht kann ich etwas tun."

Julia zögerte. Sie fühlte sich unerwünscht und wäre doch so dankbar für ein ermutigendes Wort gewesen!

„Tu, was ich sage, Julia!" Diesmal klang Edmonds Stimme ungeduldig.

Julia wandte sich um und ging wortlos fort.

An der Eingangstür wartete Madame Bouvier auf sie. Was Julia bei ihrem Mann an Aufmerksamkeit und Fürsorge entbehren musste, wurde wieder mehr als wettgemacht. Sie wusste kaum wie ihr geschah. Madame Bouvier brachte sie in ihr Zimmer, verpackte sie wie ein kleines Mädchen im Bett, und Laure hielt ein Tablett mit einem heißen Getränk bereit. Dann standen beide Frauen neben ihrem Bett und sahen zu, wie sie heiße Milch und Cognac trank. Sie versicherten sich gegenseitig, dass Julia sich wohl nicht erneut erkältet habe, und forderten streng, sie solle jetzt schlafen und nicht aufstehen, bevor sie am Morgen nach ihr gesehen hätten.

„Sie haben gerade eine Grippe überstanden. Der Baron wird es uns nie verzeihen, wenn Sie wieder krank werden."

Julia suchte verwirrt nach der passenden Antwort. „Er ist ins Krankenhaus gefahren. Er wird spät zurückkommen und durchgefroren sein ..."

„Machen Sie sich keine Gedanken, Baronin. Wir sorgen gut für ihn, wenn er zurückkommt. Jetzt versuchen Sie zu schlafen!" Damit ließen Sie Julia allein.

10. KAPITEL

Als Julia erwachte, stand Madame Bouvier an ihrem Bett und blickte sie besorgt an. Der besorgte Ausdruck schwand, als Julia die Augen öffnete und sich aufsetzte.

Sie warf einen kurzen Blick auf die Uhr und erschrak. „Elf Uhr?! Warum hat mich niemand geweckt. Ist mein Mann zurück?"

Madame Bouvier schüttelte den Kopf: „Er hat angerufen, Baronin. Heute Nachmittag, vielleicht auch später, will er zurück sein."

Julia bemühte sich um ein Lächeln. „Ja, er wird sehr beschäftigt sein. Ich stehe jetzt auf."

„Laure bringt Ihnen gleich das Frühstück. Sie brauchen nicht aufzustehen, gnädige Frau. Es wird bald schneien, es ist eisig kalt draußen."

Unter Madame Bouviers wachsamen Augen zog Julia die Beine wieder unter die Decke. „Eigentlich ist es angenehm im Bett", gab sie zu.

Die Haushälterin schüttelte zufrieden die Kissen zurecht. „Die Comtesse de Brisis hat angerufen. Sie hat von dem Unfall gehört und wollte wissen, wie es Ihnen geht. Ich habe sie gebeten, später noch einmal anzurufen."

Es ist schön, wenn man Freunde hat, dachte Julia, als sie im Bett saß und ein hervorragendes Frühstück genoss. Jemanden, der es wissen will, wie es einem geht. Nicht so wie Edmond! Sie verschluckte sich an einem Stück Apfel, stellte das Tablett beiseite und stand auf.

Edmond rief erst im Laufe des Nachmittags an. Bis dahin hatte sich Charlotte und eine Menge Leute nach Julia erkundigt. Sie wollten wissen, was passiert war, wie Julia sich fühlte, ob sie etwas brauchte und ob Besuch erwünscht sei.

„Charles hat Edmond heute früh kurz gesehen. Er wollte einen der Unfallbeteiligten nach Hause fahren, das Mädchen, das den Wagen gefahren hat. Ich finde es sehr nett von ihm, dass er sie bis nach Perpignan bringt. Hoffentlich fällt nicht mehr so viel Schnee!"

Gedankenverloren legte Julia den Hörer auf. Selbstverständlich könnte es einen guten, vielleicht dringenden Grund dafür geben, dass Edmond das Mädchen nach Hause brachte. Aber es gab Züge, Mietwagen, Busse und Taxis, und schließlich hatten die meisten Leute Freunde, die sich bei solch einem Anlass bemühen würden.

Julia gab sich größte Mühe, die Sache zu verdrängen. Sie gab die angemessenen Antworten, als noch weitere Leute anriefen.

Das Wetter wurde im Verlauf des Nachmittags immer schlechter. Als Edmond anrief, schneite es in dichten Flocken. Er klang sachlich und beiläufig, und Julia bemühte sich um den gleichen Ton.

„Ich bin in Perpignan, Julia. Ich habe Mademoiselle de Winter nach Hause gebracht. Sie wäre sonst nicht hingekommen. Ihre Eltern müssen noch ein paar Tage im Krankenhaus bleiben. Ich werde versuchen, heute Abend nach Hause zu kommen, aber das Wetter ist nicht besonders gut."

„Bei uns schneit es stark", sagte Julia und versuchte, nicht besorgt zu klingen. „Wenn du lieber nicht fahren willst ... Du wirst sicherlich ein Hotel finden."

„Mademoiselle de Winter hat mir angeboten, in ihrem Haus zu nächtigen. Wahrscheinlich nehme ich das Angebot an. Geht es dir gut?"

„Hervorragend, danke." Ich würde es dir nicht sagen, wenn es anders wäre, setzte sie im Stillen hinzu. „Soll ich jemanden benachrichtigen? Hast du Termine für morgen?"

Von der anderen Seite erklang ein helles Lachen: „Julia, du entwickelst dich zur perfekten Ehefrau! Niemanden brauchst du zu verständigen, ich kann das von hier aus erledigen."

„Nun gut. Wir werden es ja merken, wenn du da bist."

„Julia, wegen heute Nacht ..."

Sie ließ ihn nicht ausreden: „Es tut mir leid, ich muss jetzt auflegen. Auf Wiedersehen, Edmond."

Der Rest des Tages schleppte sich dahin. Am folgenden Abend waren sie zu einer Party bei der Comtesse de Brisis eingeladen. Charlotte hatte angerufen und wollte wissen, ob sie sich dort sehen würden. Julia war mit einer geschickten Ausrede ausgewichen: Sie hofften, kommen zu können. Edmond wollte sie benachrichtigen, sobald er von Perpignan abfahren konnte.

„Das Wetter ist sehr schlecht dort. Ich habe Edmond geraten, nicht zu fahren, bevor die Straßen nicht geräumt sind."

Das sei sehr vernünftig, bestätigte ihre Freundin und verabschiedete sich bis hoffentlich zum nächsten Abend.

Am folgenden Tag ließ Edmond nichts von sich hören. Julia bestellte die Mahlzeiten, wählte wie jeden Tag die Menüfolge, als erwarte sie ihn jederzeit zurück. Sie machte mit Rex einen Spaziergang durch den Schnee, der schon zu schmelzen begann, probte mit ihrem Chor und rief schließlich die Leute an, zu denen sie eingeladen waren. Julia entschuldigte Edmond und sich, weil sie vermutlich fernbleiben würden.

Julia hatte sich auf dem Teppich vor dem Kamin gesetzt. Ihr Kater schnurrte zufrieden in ihren Schoß, und Rex lehnte sich gegen sie. Da traf ihr Mann ein. Der Hund wirbelte herum und auf ihn zu. Sie drehte sich um und stand langsam auf.

„Ich bedaure, dass ich nicht früher kommen konnte, aber die Straßen sind verschneit." Edmond wehrte Rex nachsichtig ab und nahm in einem Sessel Platz. „Wie ruhig und friedlich du aussiehst, Julia."

So etwas kann täuschen, dachte Julia. Innerlich kochte sie vor Zorn, Elend und Eifersucht. „Hoffentlich war die Fahrt nicht allzu unangenehm? Möchtest du eine Tasse Kaffee?"

„Ja, das wäre schön. Sind wir nicht heute bei de Brisis' eingeladen?"

„Ich habe sie vor einer Stunde angerufen und gesagt, dass du noch nicht zurück seiest und dass wir wahrscheinlich nicht kommen würden. Ich hoffe, du bist einverstanden?"

„Durchaus! Hast du dich nicht gefragt, wo ich gewesen bin?"

„Als wir heirateten, Edmond, hast du besonderen Wert daraufgelegt, dass ich dergleichen niemals tun solle." Sie goss Kaffee ein und reichte Edmond die Tasse.

„Du scheinst dich an jedes Wort zu erinnern, dass ich damals gesagt habe. Vor allem bist du offenbar entschlossen, dich strikt daran zu halten!"

Julia gab keine Antwort, stattdessen erkundigte sie sich, wie es den Unfallopfern gehe.

„Ein Mann liegt auf der Inneren, der andere ist bereits aus dem Krankenhaus entlassen worden. Die beiden älteren Leute müssen noch ein paar Tage in der Klinik unter Beobachtung bleiben. Ihre Tochter, Hélène, habe ich nach Hause gefahren."

Julia war damit beschäftigt, sich eine Tasse Kaffee einzuschenken, auf die sie keinen Appetit hatte. Sorgfältig vermied sie jeden vorwurfsvollen Ton in der Stimme. „Ja, Charlotte hat mir davon erzählt, als sie mich gestern anrief. Ich habe noch nie so ein schönes Mädchen gesehen. Ich bin froh, dass sie nicht verletzt ist."

„Sie ist außergewöhnlich schön", stimmte Edmond zu. „Sie bat mich, in ihrem Haus zu übernachten, und ich bin der Einladung gefolgt."

„Sehr vernünftig", stellte Julia gelassen fest. „Es wäre nicht sinnvoll gewesen, bei solch einem Schneetreiben zurückzufahren."

„Was würdest du dazu sagen, dass schlechtes Wetter mich noch nie vom Autofahren abgehalten hat?"

Ziemlich viele, treffende Bemerkungen könnte ich dazu machen, dachte Julia. Sie verschwieg sie und meinte nur: „Es war wohl klug, die Regel einmal zu brechen."

Julia nahm wieder ihre Handarbeit auf. Edmond streckte die Beine aus und nahm einen neuen Anlauf.

„Möchtest du nicht wissen, weshalb ich das Mädchen nach Hause gefahren habe?"

„Du wirst sicherlich gute Gründe gehabt haben. Sie war wohl nicht imstande, allein zu reisen."

„Es hätte ihr keinerlei Schwierigkeiten bereitet. Nein. Ich habe sie nach Hause gefahren, weil ich mir selber etwas beweisen wollte." Nach einer Pause setzte er hinzu: „Ich bin mir im Unklaren - über dich, Julia!"

Julia richtete einen nachdenklichen Blick auf sein schönes und jetzt so missgelauntes Gesicht. Ihr Herz hämmerte. Ich wollte, dass er mich lieben lernt, aber vielleicht habe ich versagt, und er sagt mir das jetzt. Dennoch bot sie mit ruhiger Stimme an: „Wenn du darüber sprechen möchtest, Edmond, höre ich gern zu."

Gerade in diesem Augenblick klingelte das Telefon. Edmond nahm den Hörer ab, hörte aufmerksam zu und gab dann eine Reihe von Anweisungen bezüglich eines Patienten.

Die Unterbrechung hatte Julia Zeit gegeben, ihre Sinne zu sammeln. Das war allerdings umsonst, denn eben trat Eduard ein und kündigte Charlotte und Charles an.

„Wir sind auf dem Weg zu de Brisis", erklärte Charlotte. „Charles meinte, wir sollten rasch nach euch schauen." Charlotte hielt Edmond die Wange hin und setzte sich neben Julia.

„Das ist ein schönes Kleid!" sagte Julia mit ehrlicher Bewunderung, als Charlotte ihren Rock über den Stuhl ausbreitete. Eine wunderschöne Farbe! Es ist neu, nicht wahr? Ich ..."

„O nein, schon wieder Kleider! Charles hatte Julia einen Begrüßungskuss gegeben und wandte sich mit gespielten Entsetzen Edmond zu: „Teurer Freund, führe mich in dein Arbeitszimmer und zeig mir die Tagesordnung für deine nächste Fachtagung."

Die beiden Männer verließen den Raum. Charlotte lehnte den angebotenen Kaffee ab und sagte im Plauderton:

„Wir waren gar nicht sicher, ob Edmond schon zurück sein würde. Die Straßen sind in einem schrecklichen Zustand. Er rief Charles gestern noch spät wegen eines Patienten an. Er sagte, er übernachte in einem Hotel in Perpignan und wolle sehr früh abreisen. Dann wurde er doch noch aufgehalten. Aber das weißt du ja alles.

Er wird froh gewesen sein, dass er das Mädchen unversehrt der Tante übergeben konnte."

Überrascht und mit zunehmender Erregung hatte Julia Charlottes beiläufiger Information gelauscht. Wenn das zutraf, warum hatte Edmond dann behauptet, er habe im Haus des Mädchens übernachtet?

Wollte er sie eifersüchtig machen? Oder hatte er sich unter ihrer Ehe etwas Anderes vorgestellt und wollte die Sache nun beenden? Vermutlich letzteres, aber das muss ich herausfinden, nahm sie sich vor. Allerdings war ihr nicht klar, wie sie das anstellen wollte. Was immer Edmond auf der Zunge gehabt haben mochte, als sie unterbrochen wurden, heute würde er es nicht mehr sagen.

Die de Beaucours verabschiedeten sich bald. Edmond entschuldigte sich und zog sich in sein Arbeitszimmer zurück. Was blieb Julia anderes übrig, als ins Bett zu gehen!

Als Julia am nächsten Morgen aufwachte und aus dem Fenster blickte sah sie eine tiefverschneite Landschaft.

Edmond war draußen. Mit Rex auf den Fersen ging er zu den Ställen. Er würde nach Eugenie sehen und dann mit Rex einen Spaziergang über die Felder machen. Ich würde so gern mit ihm gehen! dachte Julia. Gemeinsam durch den kalten Morgen laufen, über seine Arbeit sprechen und einen schönen Abend planen. Dabei fiel ihr ein, dass am Abend schon wieder eine Party stattfand. Vermutlich würden sie hingehen. Ein Arzt aus der Klinik und seine Frau hatten eingeladen. Roger und Christine Beaumont hießen sie, ja richtig!

Julia nahm ein Bad, kleidete sich an und ging ins Frühstückszimmer. Edmond saß schon am Tisch.

Es war wirklich nicht der Augenblick, in dem er das Gespräch vom vergangenen Abend wiederaufnehmen würde, aber Julia war voller Hoffnung, als sie Platz nahm.

Edmond wünschte höflich einen guten Morgen, erkundigte sich, ob sie gut geschlafen habe und ob sie ihm das Brot reichen könnte. Dann versenkte er sich wieder in angekommene Briefe. Zum Glück lagen auch neben Julias Teller ein paar. So war sie beschäftigt. Sie las jeden Brief zwei- und auch dreimal. So war sie beschäftigt, bis Edmond schließlich seine Post beiseitelegte und aufstand.

„Fühlst du dich wohl genug, um heute zu den Beaumonts zu gehen?" Sein Ton war liebenswürdig.

„Ja, natürlich."

„Ich werde zum Nachmittagstee wieder zurück sein. Wir sollten gegen halb acht fahren." Auf dem Weg zur Tür hielt er noch einmal an: „Sei vorsichtig, wenn du nach draußen gehst. Es ist sehr kalt, und man kann leicht ausgleiten."

„Ja, Edmond." Julia lächelte ihm zu. Er kam rasch auf sie zu und gab ihr einen schnellen, harten Kuss.

Noch eine Zeitlang, nachdem er gegangen war, blieb Julia am Tisch sitzen und überlegte. War es ihm mit diesem Kuss ernst gewesen oder hatte er nur ein schlechtes Gewissen? Sie erinnerte sich an zahlreiche Bücher, in denen sie gelesen hatte, wie Ehemänner wiedergutzumachen versuchen, wenn sie ihre Frau vernachlässigt hatten. In Romanen brachten sie dann sogar Blumen mit.

Die Blumen kamen ein paar Stunden später! Es war ein großer Strauß aus duftenden Strelitzien.

Julia betrachtete die Blumen zunächst mit Vergnügen und dann mit Misstrauen. Hatte er wirklich ein schlechtes Gewissen? Liebend gern hätte sie mehr über das schöne Mädchen in Perpignan gewusst!

Den ganzen Tag schwankte Julia zwischen Hoffnung und Verzweiflung. Als Edmond am Nachmittag nach Hause kam, war sie vollkommen durcheinander. Seine Freundlichkeit ihr gegenüber machte das auch nicht besser!

Jetzt lehnte er sich bequem in seinen großen Sessel, begann über die Ereignisse des Tages zu sprechen und sah aus wie der Inbegriff des zufriedenen Mannes. Er nannte sie sogar „liebste Julia".

Bald drauf ging Julia auf ihr Zimmer, um sich umzuziehen. Für den Abend war große Garderobe vorgesehen. Sie entschied sich für eine Kreation aus rosa Crêpe de Chine.

Zufrieden mit ihrem Antlitz rauschte sie die Treppe herunter. Plötzlich hielt sie so scharf an, dass sie fast auf das Kleid getreten wäre: Ich habe mich noch nicht für die Blumen bedankt!

Ein leichtes Lachen vom Ende der Halle ließ sie zusammenfahren. Edmond lehnte an einem der marmornen Seitentische.

„Ein schwungvoller Auftritt", kommentierte er, „wie Aschenput-
tel beim Ball. Und dann ein Halt, als wärst du gegen eine Glas-
wand gelaufen. Was ist passiert?"

„Edmond - es ist mir so unangenehm -, ich habe ganz vergessen,
mich für die Blumen zu bedanken. Und sie sind so schön. Nimm
es mir nicht übel! Ich habe sie in mein Zimmer gestellt."

„Ich freue mich, dass sie dir gefallen!" Er glitt vom Tisch und kam
auf sie zu. „Das ist ein sehr schönes Kleid, und du siehst zauberhaft darin aus, Julia. Ich habe etwas für dich."

Er nahm eine Schachtel aus der Tasche und öffnete sie. Darin lag
ein Diadem, ein wahres Kunstwerk aus Diamanten. „Darf ich es
dir aufsetzen?"

Julia berührte es behutsam mit den Fingerspitzen. „Es ist wunderschön! Hat es deiner Mutter gehört?"

Er hielt ihre Hand sanft auf dem Diadem gefangen. „Nein, ich habe
es gestern für dich ausgesucht. Ich möchte es dir schenken, Julia."
Seine Augen waren hell und forschend auf sie gerichtet.

„Warum?" In Julias Kopf schwirrten immer noch die Gedanken
an das Mädchen in Perpignan. Erst Blumen und nun dieses überwältigende Schmuckstück, das war schlimmer als erwartet.

Edmond allerdings sah keineswegs wie ein von Schuldbewusstsein geknickter Ehemann aus!

„Ich scheue mich, darauf zu antworten", sagte er unerwartet ehrlich und steckte mit kühlen, sicheren Fingern das Diadem in Julias Haare. Warum hast du, warum' gefragt?"

Ach je, dachte Julia, jetzt wird es schwierig! Sie holte Luft „Erst schickst du mir die zauberhaften Blumen, und jetzt schenkst du mir dieses unbeschreiblich schöne Diadem. In den Romanen ist der Ehemann immer dann besonders aufmerksam zu seiner Frau, wenn er sie vernachlässigt hat oder - oder in jemanden verliebt ist. Dann kauft er Geschenke, weil er ein schlechtes Gewissen hat."

Edmond sah einigermaßen verblüfft aus. „Ein schlechtes Gewissen? Nun, ich glaube, das stimmt."

„Dann gibt es dazu ja wohl kaum mehr zu sagen, nicht wahr?" Julia spürte ihr Herz wie einen zentnerschweren Stein.

„Im Augenblick vielleicht nicht", stimmte Edmond mit einem warmen Lächeln zu, das sie gar nicht passend fand. „Ich fürchte, wir haben keine Zeit dafür, wir sind schon spät dran."

Julia schlüpfte in ihren Mantel und kauerte sich stumm auf den Sitz im Auto neben ihn. Es hatte gefroren, und die Straßen glänzten vereist im Mondlicht, aber Edmond fuhr sicher und gelassen. Er führte ein leichtes Gespräch und schien Julias Schweigsamkeit nicht zu bemerken.

Wie ein schuldbewusster Ehemann, dem seine Frau auf die Spur gekommen ist, sieht er wirklich nicht aus, musste Julia sich eingestehen. Vielleicht täusche ich mich.

Auf der Party kam Julia mit ihrem Problem natürlich keinen Schritt weiter. Julia ging im Salon umher und beteiligte sich an den Gesprächen. Die meisten der Anwesenden hatte sie schon bei irgendeiner Gelegenheit getroffen, und alle waren sehr freundlich.

Bald traten Edmond und Julia den Heimweg an, aber während der Rückfahrt unterhielten sie sich nur über die Party. Auch beim Abendessen waren sie nicht sehr gesprächig. Danach wünschte Edmond Julia kühl *„gute Nacht"* und zog sich in sein Arbeitszimmer zurück. Julia saß am Kamin im kleinen Salon, trank ihre Schokolade und dachte daran, dass er sie ein- oder zweimal während des Abendessens intensiv angesehen hatte. Es schien, als wolle er etwas sagen und fand den Anfang nicht.

Wenig später ging sie zu Bett.

Am folgenden Morgen stand Julia rechtzeitig auf, um Edmond noch beim Frühstück anzutreffen. Das war zwar nicht die beste Tageszeit, um ein Gespräch mit ihm anzufangen, aber sie hielt die Spannung nicht länger aus.

Als er seine Post gelesen hatte, fragte sie unvermittelt: „Fährst du nach Perpignan?"

Sehr langsam setzte ihr Mann seine Kaffeetasse ab. „Warum sollte ich nach Perpignan fahren?" Dann verengten sich seine Augen. „Ach, jetzt verstehe ich! Die Blumen und das Diadem." Ironie schwang in seiner Stimme. „Glaubst du wirklich, ich würde einem jungen Mädchen hinterher hechten, das meine Tochter sein könnte?" Er war aufgestanden und erschien in seinem Ärger noch einmal so groß wie sonst. „Glaub, was du willst, Julia!"

„Wann fährst du?" Warum sollte sie sich jetzt noch zurückhalten? „Du brauchst nicht so ungehalten zu sein."

Kurz vor der Tür hielt er an. „Ungehalten? Ich bin erbost, Julia!" Er kam zurück, stand hoch über ihr, die immer noch am Frühstückstisch saß.

„Und warum sagst du, Julia in solch einem trockenen Ton und manchmal ganz anders?" Sie hatte ihre Furcht besiegt. Außerdem spielte es sowieso keine Rolle mehr.

„Wenn ich so trocken zu dir rede, dann kann ich mir einbilden, dass du mit meinem Leben nichts weiter zu tun hast. Aber leider klappt das nicht mehr."

„Und was ist, wenn du anders zu mir sprichst?"

„Dann finde ich dich sanft und freundlich und liebenswert." Er beugte sich zu ihr herab und küsste sie auf den Mund. „Du hast Chaos in mein Leben gebracht", sagte er streng, wandte sich um und ging.

Julia blieb unbeweglich sitzen. Die Dinge haben ihren Höhepunkt erreicht, dachte sie, ich muss etwas tun. Edmond hatte ihr nicht gesagt, wann er nach Perpignan fahren würde und ob er überhaupt dahin wollte. Sie schenkte sich noch eine Tasse Kaffee ein und dachte nach.

Als sie zu einem Entschluss gekommen war, ergriff Julia das Telefon. Edmonds Sekretärin war sicher, dass er keine Reise geplant hatte, ganz bestimmt nicht nach Perpignan. Im Krankenhaus antwortete man auf ihre geschickt formulierte Frage, der Professor habe einen vollen Arbeitstag vor sich.

Also hatte er die Geschichte erfunden! Warum? Um sie zu ärgern - gar eifersüchtig zu machen? Um Interesse für das zu erwecken, was er unternahm? Sein Kuss, darüber war sich Julia trotz ihrer geringen Erfahrung klar, war keinesfalls flüchtig gewesen!

Sie lächelte sinnend vor sich hin und setzte sich an dem Schreibtisch im kleinen Salon. Nach mehreren vergeblichen Versuchen hatte sie ihren Brief entworfen. In sorgfältig gesetzten Worten teilte sie ihrem Gatten mit, es sei wohl besser, wenn sie fortginge. Sie las den Brief noch einmal durch, steckte sie in einen gesiegelten Umschlag und ging zu Henry hinaus.

Der war natürlich sofort bereit, ihr einen Gefallen zu tun. Er holte den Wagen der Angestellten aus der Garage und fuhr mit dem Brief in der Tasche nach Narbonne.

Unglücklicherweise war Edmond gerade auf Visite, als Henry mit dem Brief eintraf. Der Brief sollte dem Professor so schnell wie möglich ausgehändigt werden, erklärte er ausdrücklich.

Die Visite dauerte eine Ewigkeit. Es war schon früher Nachmittag, als jemand den Professor im Ärztezimmer antraf, wo er gerade belegte Brote als Mittagessen zu sich nahm. Edmond überflog den

Brief und las ihn dann noch einmal sorgfältig, bevor er zum Telefon griff. Was für ein Narr bin ich, schallte er sich wütend. Julia glaubt, ich sei wegen dieses Mädchens nach Perpignan gefahren! Ich hätte auch nicht so tun dürfen, als hätte ich in ihrem Haus übernachtet. Du bist zu alt, um dich zu verlieben, kritisierte er sich säuerlich.

Aber es war geschehen, und nichts war daran zu ändern, dass Julia für ihn jetzt die Welt bedeutete!

Eduard war am Telefon, als Edmond zu Hause anrief. Aufmerksam folgte er den Anweisungen des Professors. Das ganze Haus sollte gründlich durchsucht werden. Er habe Grund zu der Annahme, dass die Baronin sich nicht gut fühle und sich in irgendeinem Zimmer aufhielt. Er selber sollte überall dort anrufen, wo sie hingegangen sein könnte, und dann nach Hause kommen.

Den Nachmittag hindurch besuchte er geduldig alle Freunde, rief in allen Geschäften an, in denen Julia sich unter Umständen hätte aufhalten können. Er traf sie nicht an. Mit eiserner Disziplin unterdrückte er seine Angst und fuhr nach Hause.

Julia saß schon eine ganze Weile im Salon und strickte, als sie das Auto ihres Mannes die Auffahrt heraufkommen hörte. Gleich darauf fiel die Eingangstür nicht überhörbar ins Schloss, und Edmond kam durch die Halle.

Leider verflüchtigte sich in diesem Augenblick das, was sie sich ausgedacht und immer wieder vorgesagt hatte. Ihr Kopf war gähnend leer.

Die Tür flog auf, Edmond stürmte herein. Dann schloss er leise die Tür, lehnte sich dagegen und starrte sie an.

Ein Blick in seine Augen ließ erkennen, dass sie nichts zu sagen brauchte.

„Julia! Du Scheusal! Seit wann sitzt du hier?"

„Seit ..., eigentlich, seit Henry meinen Brief weggebracht hat."

„Das ganze Haus ist durchsucht worden. Wo hattest du dich versteckt?"

„Hinter der Tür." Sie versuchte das ganz beiläufig zu sagen. Dabei zitterten ihre Hände so sehr, dass die Maschen rechts und links von den Nadeln purzelten. Sehr gerne wäre sie seinem Blick ausgewichen. Jeden Augenblick wird er vor Zorn explodieren, sagte sie sich. Sein Gesicht war weiß und gespannt.

Julia war völlig entwaffnet, als Edmond ruhig sagte: „Ich war außer mir vor Sorge, Liebling. Ich glaubte, du hättest mich verlassen
und ich würde dich nie wiedersehen. Ich hätte mich umbringen
können, weil ich solch ein Narr gewesen bin. Ich hatte gehofft,
dass du mich allmählich ein bisschen liebgewinnen würdest. Mit
Geduld könnte ich vielleicht erreichen, dass du vergisst, wie
schlecht ich dich behandelt habe."

Julias Herz schien stillzustehen. Aber sie strickte weiter und
hoffte, kühl und gelassen zu wirken. „Ich wollte dir keine Unan-
nehmlichkeiten bereiten", erklärte sie fast mürrisch. „Weißt du,
ich musste einfach wissen ... Ich dachte, wenn du überhaupt etwas
für mich übrighast, dann wirst du nach mir suchen. Wenn nicht,
dann wäre ich wirklich fortgegangen." Sie ließ gleich drei Maschen auf einmal fallen und setzte betrübt hinzu: „Ich habe mich
wohl nicht besonders gut ausgedrückt."

Edmond kam auf sie zu. „Leg, dieses verwünschte Strickzeug
weg! Du versteckst dich dahinter!" Er riss ihr die Nadeln aus der
Hand, zog seine Frau in seine Arme und hielt sie fest umschlungen.
„Wenn ich mir vorstelle, wie lange ich warten musste, um dich zu
treffen! Und dann kämpfe ich noch gegen diese Liebe!" Er legte
die Hand unter ihr Kinn und hob ihr Gesicht empor. „Ich glaube,

ich hatte mich schon in dich verliebt, als du Nadel und Faden haben wolltest, um deine Wunde selber zu nähen. Ich bin so viele Jahre allein gewesen, und ich konnte nicht glauben, dass es eine Frau wie dich noch gibt." Er lächelte. „Ich trage eines deiner Taschentücher mit mir herum - wie ein verliebter Backfisch."

Er küsste sie, zuerst sanft und dann so ungestüm, dass ihr der Atem wegblieb. „Mein schönes Mädchen! Als ich eben hereinkam und dich dasitzen sah, war mir, als hättest du immer dort gesessen und auf mich gewartet, mein ganzes Leben lang."

„Eigentlich habe ich das auch getan, lieber Edmond!" Julias Stimme schwankte, trotz aller Mühe, gelassen zu erscheinen. „Ich war nur nicht sicher, ob du auch kommen würdest."

Sie sah sich wieder in ihrem Tagtraum, wie sie mit ihren Kindern in der Eingangshalle stand, um Edmond willkommen zu heißen. Jetzt kann ich das rosa Organzakleid wirklich tragen, dachte sie, und ein glückliches Lächeln leuchtete auf ihrem Gesicht.

Edmond strich über das mausbraune Haar. „Warum lächelst du, mein innigstgeliebter Schatz?"

Sie hob sich auf die Zehenspitzen, um ihn zu küssen. „Weil ich glücklich bin und weil ich dich so sehr liebe."

-Ende-

FSC
www.fsc.org
MIX
Papier | Fördert
gute Waldnutzung
FSC® C083411

Zeitfracht Medien GmbH
Ferdinand-Jühlke-Straße 7
99095 Erfurt, Deutschland
produktsicherheit@kolibri360.de